GAMINES

Sylvie Testud est comédienne. En 2001, elle a obtenu le César du meilleur espoir féminin pour *Les Blessures assassines* et, en 2004, le César de la meilleure actrice pour *Stupeur et tremblements*. Son précédent roman, *Le ciel t'aidera*, est paru chez Fayard en 2005.

Paru dans Le Livre de Poche :

LE CIEL T'AIDERA

IL N'Y A PAS BEAUCOUP D'ÉTOILES CE SOIR

SYLVIE TESTUD

Gamines

ROMAN

FAYARD

Cette histoire est une fiction. Elle est librement inspirée de la vie d'une petite fille. Je ne sais pas qui ça peut être. Pas du tout. Toute ressemblance avec des personnes existantes est un peu un hasard.

ISBN : 978-2-253-12152-7 – 1ʳᵉ publication LGF.

I

Ma grande sœur ne veut jamais rigoler ! Elle ne veut jamais laisser rigoler les autres. Faut toujours qu'elle fasse son commandant de troupe ma parole ! C'est quand même pas compliqué de comprendre qu'aujourd'hui, c'est une exception. C'est quand même pas difficile d'admettre que si le pays a décidé qu'il y avait un jour à blagues, c'est parce que c'est drôle ! Tout le monde va bien s'amuser aujourd'hui. Comme elle ne peut pas empêcher les autres, elle voudrait qu'au 88, rue du Bon-Pasteur, cinquième étage porte de gauche, on ne rie pas.

Maman a dit : « En cas de nécessité ».

Ma sœur aînée se tient debout devant l'objet convoité : le téléphone. Ça coûte cher. Elle fait barrage. À moins de lui taper le bras pour qu'elle le baisse, je n'atteindrai pas le téléphone posé sur la table de nuit.

— C'est une nécessité aujourd'hui !

— Non. C'est pas une nécessité.

— En cas de nécessité, ou à une occasion !

— Une occasion ? Quoi comme occasion ?

9

Si elle a un sens du raisonnement, il est foutu. Avec deux ans de plus, elle demande :

— Quoi comme occasion ?

J'ai été lente. J'aurais dû courir et me jeter sur le téléphone de maman. Je ne peux pas utiliser celui de la cuisine. Il est fixé trop haut sur le mur.

— Un anniversaire ou une fête, par exemple ! Aujourd'hui, c'est la fête du poisson d'avril. C'est les farces ! Alors, on peut quand même rigoler ?

J'ai promis à ma plus jeune sœur qu'on va bien s'amuser. Elle attend que je tienne ma promesse. Je dois passer outre la commandante.

On peut taper le bras de tout le monde mais pas celui de la commandante. Ça coûterait trop cher après. La commandante est soutenue par les autorités. Je ne crains rien, ni personne, mais quand même les autorités, moins on s'y frotte, mieux on se porte.

Je tourne la tête pour voir le résultat de mon échec. La déception se lit indéniablement sur le visage rond et renfrogné de ma plus petite sœur. Je vais bientôt me retrouver en dessous de mon aînée dans l'échelle de l'admiration. Je vais même passer, en moins de temps qu'il ne faut pour le dire, la der des der. La plus petite va se ranger du côté de la commandante. Elle va lui servir de troufion.

J'ai une idée qui m'arrive.

— Si tu nous laisses rigoler, on t'appellera plus « L'Oreille en coin ».

Je négocie avec la plus grande.

C'est toute la famille qui l'appelle « L'Oreille en coin », parce qu'elle entend tout. Les grands ont beau se cacher quand ils parlent entre eux, elle entend. Elle a des antennes. Comme la radio. Après, on a une réunion. Elle nous fait les informations. Elle nous raconte ce que les grands ont dit, et nous, on peut se méfier. On peut discuter pour savoir si on est d'accord ou pas. Après, on fait la tête à maman ou on est contentes. Maman, faut jamais lui donner son avis seul, faut toujours lui donner son avis de groupe.

La commandante réfléchit. Je crois que j'ai trouvé le bon argument, elle va flancher. Elle aimerait bien qu'on arrête avec tous ces surnoms. D'un autre côté, qui va soutenir maman si elle ne le fait pas ? C'est pas encore gagné. Elle la trouve nulle, ma farce. Maman va avoir peur, elle pense.

— C'est ça qu'il faut ! Sinon, ce n'est pas une vraie farce !

Plus le canular est énorme, plus il est crédible ; plus l'autre a les chocottes, plus on rigole !

Même Yves Mourousi, aux actualités, a dit que la tour Eiffel à Paris était tombée ! Ça foutait quand même un coup ! Eh ben, qu'est-ce que c'était hilarant quand il a dit juste après : « Mesdames et messieurs, je tiens à vous présenter mes excuses pour cette frayeur que vous avez eue, elle n'était due qu'au poisson d'avril ! »

Ah là là ! Quel marrage !

— On ne fait pas de farce à maman.

Elle s'écarte. Ça veut dire qu'on a le droit d'utiliser le téléphone pour faire ma blague. Ça veut dire qu'on ne pourra plus l'appeler « L'Oreille en coin ». Ça veut dire qu'on ne la fait pas à maman. Ça m'ennuie un peu. C'est sûr que maman, c'était la mieux pour ce poisson d'avril.

— Angèle alors ?

Elle ne dira pas un mot de plus.

Si c'est moi qui appelle, ma tante risque d'avoir un doute. Elle n'est pas comme maman, Angèle.

— C'est mieux si c'est toi qui appelles.

Il y a des gens qui ont des têtes à farces, et d'autre des têtes à sérieux. À douze ans, ma sœur aînée a une tête à sérieux pire qu'un adulte. Quand on a douze ans et une tête à sérieux comme la sienne, faut faire des canulars. C'est là que ça marche !

Elle ne me répond même pas. Elle tourne la tête de gauche à droite pendant cinq secondes. « Fais gaffe, quand même, de pas passer de tête à sérieux à tête à baffes. » Cinq secondes pendant lesquelles je la regarde et je me dis : « T'as de la chance d'être protégée par les autorités. »

— Fayotte.

— Oui, fayotte.

— Toi, arrête de répéter toutes ses bêtises !

— Mais, je répète pas !

— Si, tu répètes !

Embraye, ma vieille, embraye, la commandante reprend le pouvoir sur le troufion !

— Pourquoi tu le fais pas, toi ? T'es la plus petite, Angèle ne pourra pas penser que c'est une blague !

La plus petite fait des yeux ronds. On dirait que la maîtresse lui a demandé combien il y a de continents.

— Alors ? Tu le fais ?

Elle se redresse. Pour se donner une contenance face à la commandante et son contraire, elle fait mine de réfléchir au contrat. La plus petite se racle la gorge. Si elle refuse, la commandante sera fière d'elle, mais elle n'en tirera aucun bénéfice. Si elle accepte, je serai dévouée pendant quelques heures. Elle sera une héroïne !

D'un acquiescement solennel de la tête, le troufion accepte. Elle veut bien faire la plaisanterie. Bravo ! Je savais que t'étais pas une truffe, j'ai envie de lui dire. Je ne lui dis pas, elle comprendrait que dalle.

Sa voix grave et étouffée est à peine audible. Ma petite sœur ne parle pas, elle grogne.

— D'accord.

L'honneur est sauf, on va pouvoir se marrer. Si je mets un peu l'ambiance, ça deviendra sûrement une blague mémorable !

Je lui compose le numéro de téléphone du travail d'Angèle.

Le combiné collé à l'oreille, ma petite sœur se met en place devant la table de nuit. Elle écarte ses pieds. Elle raidit ses jambes. Elle se concentre.

Elle va déjà pas se casser la gueule, vu comment elle se tient. On dirait qu'elle attend une tornade. M'en fous, tant qu'elle fait pas foirer la blague.

Derrière le téléphone, il y a un rond, c'est un mouchard. Je m'en empare. La commandante a pris ses distances. Cette histoire ne l'intéresse pas du tout. La plus petite et moi, on s'en fiche.

Ça sonne. Hi hi hi. Je commence à m'exciter.

La voix de ma tante résonne. Pourvu que la plus petite tienne le coup.

— Les Papiers de Lyon, j'écoute.

— Allô tatan ?

— Qu'est-ce qu'il se passe ? elle demande immédiatement.

Si les deux grandes ont laissé la plus petite téléphoner, c'est qu'il y a un gros problème.

Bien joué ! Bien joué !

Elle est immédiatement alertée. Les gamines courent un grand danger. Bien fait, ma commandante ! C'est encore mieux !

— Au secours ! Au secours ! « Il » est là !

La plus petite a finalement compris la blague. Elle joue à fond. Bravo ! Bravo !

— ...

Ça raccroche sec de l'autre côté.

— ...

Pourquoi Angèle lui raccroche au nez ?

Qu'est-ce qu'elle a, ma tante ? Ça lui prend souvent ? On ne lui téléphone jamais.

— Non ! Non ! Tatan ? Pouassson d'avril !

Il n'y a plus personne à l'autre bout, mais le troufion aux jambes raides continue la blague.

— Oh ! Mais ferme-la ! Elle t'a raccroché au pif !

La commandante pâlit.

— Elle a raccroché ? elle articule à peine.

— Oui.

Ça n'a pas l'air d'aller du tout. La commandante a l'air faiblard. Je me lève au cas où elle tomberait dans les pommes. Une fois debout, je vois qu'elle a plus de ressource que prévu.

— Tu vois, toi. Avec ta farce ! Je t'avais dit qu'il fallait pas faire ça !

Ma sœur aînée contrôle drôlement bien sa figure. Elle possède une technique de camouflage très au point. Elle peut changer de couleur en une seconde. Pour m'effrayer, elle s'est mise en toute verte, la voilà qui se met en toute rouge. Ma blague est à moitié ratée. On n'a pas pu rigoler. Ce n'est pas une raison pour me beugler dessus comme ça ! La commandante veut me ridiculiser devant la plus petite ? Je vais me payer sa tête à quatre couleurs.

Je la montre du doigt, je prends la plus petite à témoin.

— T'as vu sa tronche ? On dirait une mortadelle !

Ça marche ! La plus petite éclate de rire. On se jette sur le grand lit pour mieux rigoler en se tortillant.

La commandante est dégoûtée. Sa tête va bientôt s'arracher, on dirait.

Elle vient au-dessus du lit pour attraper la plus petite. Elle se met à la secouer. La commandante crie tellement que sa glotte touche presque le visage de celle qui se fait secouer.

— Elle a dit quoi ?

— Elle a dit : « Ah tiens, c'est pas miss Pompon qui m'appelle ? »

Miss Pompon, c'est le dernier surnom que la famille a donné à la commandante. Parce qu'elle se pomponne maintenant. Ce surnom l'énerve terriblement. Encore pire que « L'Oreille en coin ». Pire que « La Petite Larousse illustrée ». Pire que « Mimi la fouine ». Bien pire que « La larme à l'œil ». Pour la faire pleurer, il suffit de l'appeler miss Pompon.

Cette réplique, c'est le bouquet ! Maintenant, on rigole vraiment bien ! On est tordues par les rires. Le sang me remonte au cerveau. Je suis écarlate, presque à l'agonie.

La commandante a les joues qui fument.

— Arrête ! Espèce de débile ! elle me dit froide-
ment.

Je suis partie sur ma lancée. Un 1er avril, j'avais
décidé de rire, un 1er avril, je ris.

— Haaaaaaa !

La commandante tente de reprendre la situation en
main.

— Qu'est-ce qu'elle a dit quand elle a raccroché ?

— Rien.

À cette réponse, la commandante enlève l'autorité
de son visage. L'angoisse remplace la sévérité. Je
peux rire tout le temps, de n'importe quoi, mais,
quand ma grande sœur a ça sur la figure, je n'ai plus
envie de rire.

La plus petite continue de se tordre sur le lit.

Je la secoue à mon tour. Avec moi elle s'arrête. Je
secoue bien plus fort. Je ne commande pas, je bruta-
lise.

Je me tourne vers la commandante. Je ne suis plus
son ennemie, je deviens son bras droit.

— Quand elle a entendu : « "Il" est là », elle a raccroché net.

Je me rends subitement compte que ma farce était
complètement stupide. Heureusement qu'on ne l'a
pas faite à maman...

Qui va trouver une idée ?

Pas moi.

— Je la rappelle...

— Oui, rappelle !

Quand elle se dirige vers le téléphone, ma grande
sœur me lâche :

— Tu vois ! Toi avec tes conneries...

Elle a raison. Je ne fais que des conneries. Je ne m'en rends jamais compte avant. Même si on me prévient, je dois la faire. Je ne sais pas pourquoi. C'est comme ça.

Je baisse la tête. Elle va réparer.

— Allô ?...

— Bonjour, je voudrais parler avec madame Anzio. C'est une de ses nièces.

— Ne vous inquiétez pas, elle est partie.

— Ah bon ? Merci. Au revoir.

Ma grande sœur repose le combiné. Elle se tourne vers moi, déconfite.

Elle a voulu me sauver la mise, mais cette fois elle ne peut rien.

— Elle est déjà partie.

Ma grande sœur ne m'en veut pas. Ma petite sœur non plus. Elles me regardent toutes les deux. Tu vas encore te faire tuer, elles pensent. Je me ronge les ongles. C'est tendu dans la chambre maintenant. Ma petite sœur éclate en sanglots. Ma grande sœur la réconforte.

— Pleure pas...

— Elle va se faire tuer.

Je commence à avoir mal au ventre. Qu'on me jette une enclume sur la tête ! On verra bien laquelle des deux se brise !

Je me redresse les poings serrés sur les hanches.

— Je m'en fiche ! J'ai pas peur. C'est un poisson d'avril ! je scande, comme si j'avais mille sœurs en face de moi.

On sonne à la porte. Aucune de nous ne bouge.

On sonne avec insistance.

Je regarde mes sœurs qui ne sont plus que deux.

— J'ai peur, dit la plus petite.

— Chuuuut.

Dans ce genre de circonstance, je prends les devants.

— Moi, j'ai pas peur.

Je me dirige vers la porte au bout du couloir. La sonnerie ne cesse plus.

— Chuuut !

— C'est qui ?

— C'est Angèle !

— Déjà ?

— Attends, je t'enlève ton poisson.

Quand j'ouvre la porte, ma tante s'engouffre dans l'appartement. Elle claque la porte derrière elle comme si quelqu'un voulait entrer à sa suite. Elle est très essoufflée. Elle a couru pour voler à notre secours. Elle cache mal sa peur. Sa voix est très angoissée quand elle pose la question :

— « Il » est où ?

Je ne sais pas quoi répondre.

Ma grande sœur arrive.

— « Il » a frappé. On n'a pas ouvert. « Il » est parti. Merci ma vieille. Je te le revaudrai.

— Qu'est-ce que tu fais ?

Mince, je me croyais seule... Je referme le placard de maman. Un flagrant délit.

— Qu'est-ce que tu as pris ?

La commandante me regarde comme un commissaire de police.

J'ai larciné le placard de maman. Je me suis fait prendre la main dans le sac. La plus grande et la plus petite rentrent de la bibliothèque. Elles portent encore leur manteau, les livres empruntés, recouverts de plastique transparent. Je ne les ai pas entendues.

— Je n'ai rien pris.

Je tente de dissimuler l'objet du délit.

J'ai pris une photo. Une toute petite photo. Elle devrait entrer sans problème dans la poche arrière de mon jean ! Rien à faire... Je glisse plusieurs fois la main le long de ma fesse gauche. Oh purée... Je me suis fait piquer ma poche ou quoi ?

— Qu'est-ce que tu faisais dans la chambre de maman ? Qu'est-ce que tu as pris ?

Je tente une dernière fois de trouver l'entrée de ma poche. Cette poche n'existe plus, on dirait.

Le troufion me regarde, les sourcils froncés. Elle se demande ce que j'ai encore bien pu inventer.

Mes deux sœurs, qui m'encadrent par l'âge, m'encadrent à présent dans l'espace. Je suis enfermée dans la chambre de ma mère. Elles se tiennent devant la porte.

À moins de me battre avec elles, je ne peux pas sortir de cet endroit qui me limite au statut de voleuse. Voleuse de notre propre mère.

— Qu'est-ce qu'elle a fait ? la plus petite grogne.

— Elle a volé quelque chose dans le placard de maman !

La plus petite n'en croit pas ses oreilles. Consternation. Je fais n'importe quoi, elle peut encaisser, mais me retourner contre notre mère, ça ne passera pas ! J'ai moi-même du mal à l'accepter. Quand les grands sont en faute, j'ai remarqué, ils s'énervent les premiers. Ils hurlent plus fort que ceux qui les accusent, ça marche à coup sûr. Je vais m'énerver. Je fais un effort. Je n'y arrive pas.

— Je n'ai rien volé.

Le peu d'assurance dont je fais preuve les conforte dans l'idée que je viens de commettre l'irréparable. Je viens d'enfreindre une loi de la plus haute importance. Celle de la confiance au sein de notre clan. Je ne suis plus digne de mon clan, plus digne de ma famille. Je n'arrive même pas à m'énerver. Je ne suis plus digne et c'est tout.

— Qu'est-ce que tu as dans la main ?

La commandante s'adresse à celle qui a tout perdu. Je ne m'en sortirai pas. Je regarde mes deux sœurs qui formeront bientôt une troupe sans moi. Vont-elles comprendre cet acte malheureux ? Elles me défendraient envers et contre tout, mais avec ce que je tiens dans la main... Le miroir va se briser. Rien ne sera plus pareil... Notre groupe, notre clan, notre bataillon va disparaître par ma faute.

— Oui, d'accord.

Je respire pour me donner du courage.

Je montre l'objet. Une petite photo en noir et blanc. Mes deux sœurs s'approchent.

Un homme blond, les yeux clairs, en costume noir. Il sourit à l'objectif.

Pas un mot.

Toutes les trois, nous sommes fascinées, comme aspirées par ce visage que nous n'avons jamais vu. Captivées par cette silhouette. Cette photo nous glace le sang.

La réaction de mes deux sœurs est loin de ce que j'avais imaginé. Elles touchent la photo. Elles veulent voir chaque détail de cet homme immobile. N'y a-t-il pas dans cette photo un indice ? En approchant la photo, y aurait-il moyen d'entendre une voix ? Le sourire de la photo, si on le fixe longtemps, ne va-t-il pas se transformer en grimace terrifiante ? Le démon qui se cache dans cette photo va-t-il apparaître ? Combien de temps la photo peut-elle mentir ?

— Il y en a d'autres ? me demande ma sœur aînée en désignant le placard de ma mère d'un coup de menton.

— Plein.

Ma réponse l'ébranle. Elle voudrait ouvrir le placard à son tour.

— Ça se verra qu'il en manque une ?

— Non. Je te le jure.

Elle hésite. Ma grande sœur, comme moi, comme la plus petite, est bouleversée. Elle regarde une fois encore le grand placard qui renferme les clichés. Elle me rend la photo qu'elle ne peut tenir plus longtemps. Je tiens l'homme dans ma main. Les yeux. La bouche. Le nez. Le sourire. La photo me brûle les doigts.

La plus petite vient se coller à moi. La plus grande nous rejoint. Les yeux de la photo nous terrassent.

C'est lui à qui on ne doit pas ouvrir la porte !

— Faut pas qu'elle voie ça.

La commandante m'arrache la photo des mains. Elle la glisse rapidement dans la poche que je n'ai pas trouvée.

— Qu'est-ce qu'on va faire ? je demande dans ce silence.

— T'as rien touché d'autre dans son placard ?

Je fais non de la tête.

— Tu jures qu'elle ne le verra pas ?

Je fais oui de la tête. Ma grande sœur pose sa main sur le placard... Elle ne peut pas. Elle ne peut pas l'ouvrir. Elle me jette un coup d'œil rapide. J'ouvre encore une fois le placard de maman. Une pile d'écharpes, de collants, de chaussettes. Je soulève à peine les vêtements. Une boîte en carton et des albums-photos sont rangés dans le fond, sous les jupes, sous les vestes de notre mère. Des photos dentelées dépassent. De nouveau, nous sommes fascinées.

La plus petite voudrait plonger sa main dans les photos. L'aînée referme le placard brutalement.

— On va la cacher dans un livre, dans mon secrétaire. Elle ne la trouvera jamais. On aura le droit de la regarder ensemble, en réunion.

Est-ce que nous acceptons ce contrat ? Nous hochons la tête en silence. Nous acceptons. Nous sortons de la chambre.

La réunion qui a suivi fut l'une des plus décousues jamais tenues par notre comité. Il n'y avait aucune règle. Plus de hiérarchie. Tout le monde s'est coupé la parole dans tous les sens.

Nous avons décortiqué la photo.

« Il » vit. « Il » a des yeux. « Il » porte des vête-ments. D'où viennent ces vêtements ? Ses cheveux sont en ordre. « Il » va donc chez le coiffeur ? J'ai aperçu un manteau posé en arrière-plan :

— Regardez ! « Il » a un manteau !

— S'« Il » a un manteau, c'est qu'« Il » peut sentir le froid ?

— Oui... sûrement...

— « Il » a froid !

— C'est le début de sa main !

Que disait ce début de main ? Une main qui appor-terait le malheur si on la croisait.

On s'est approchées pour mieux voir ce début de main qui viendra cogner à la porte un de ces jours.

— « Il » la met dans sa poche tellement elle est moche !

— Peut-être qu'« Il » cherche un mouchoir ?

— Oui. « Il » veut se moucher ! Parce qu'« Il » a froid !

— « Il » se mouche ?

— Qu'as-tu vu dans le placard ?

— Photos du mariage...

— Quoi ?

— Ils souriaient en tenant un arbre... Maman... Toute la famille derrière...

— Toute la famille ?

— Toi dans ses bras...

— Quel âge j'avais ?

— Je ne peux pas dire. Un bébé.

— Et toi ? Et elle ?

Je secouai la tête. Nous n'y étions pas. Je ne nous ai pas vues.

La lumière blanche et violente de la chambre vient de s'allumer.

D'abord un seul œil.

Tour d'horizon... C'est comme chaque matin. Je suis bien là où je croyais être. Sous les fesses de ma sœur.

Je dors à l'étage du bas d'un lit superposé. « Les lits gigognes », c'est comme ça qu'elle dit, ma mère.

J'ai toujours plus de mal avec mon deuxième œil.

Cette couverture... J'ai encore les pieds dehors.

Je ne me suis jamais levée assez vite pour voir comment mes sœurs ouvrent les yeux. Ma petite sœur Georgette, ça m'étonnerait qu'elle les ouvre comme il faut. Dans son livret scolaire, c'est marqué : Georgette est molle. Georgette est lente. C'est du n'importe quoi, n'importe comment. La pauvre... Déjà qu'elle a un nom de vieille...

Ma grande sœur Corinne, elle doit les ouvrir bien.

Nous dormons toutes les trois dans la même chambre. Pas tout à fait la même chambre. La pièce est coupée en deux par une cloison à mi-hauteur. Corinne dort d'un côté de la cloison. Georgette et moi dormons de l'autre côté ; l'une au-dessus de l'autre.

La lumière jaillit du plafond, au milieu. Ce lustre, il m'a toujours fait penser à une plante fanée à quatre fleurs mourantes. Deux fleurs de 60 watts éclairent la partie de chambre de Corinne. Les deux autres sont pour nous.

Corinne a 120 watts pour elle toute seule, et une partie de chambre égale à la nôtre.

C'est normal que Corinne soit avantagée : c'est « la grande ».

Quand ma grande sœur est dans sa moitié de chambre, on ne peut pas la voir si elle n'est pas debout. On ne peut pas la voir, mais on peut parfaitement entendre tout ce qu'elle fait !

Un mur de Berlin sans no man's land.

Mais, quand même, c'est pas si facile de passer de l'autre côté du mur quand on n'y habite pas.

— Debout, les filles !

La voix tonitruante de notre mère retentit dans l'encadrement de la porte.

On est trois filles. Quand on nous met dans l'ordre, on place Corinne en premier, Sibylle en deuxième, Georgette en dernier. Corinne a douze ans, elle est toute brune. Georgette, huit ans, elle est toute brune.

Moi, je suis celle du milieu. Je m'appelle Sibylle. J'ai dix ans. Je suis toute blonde. Je suis la remplaçante de Tartempion. Tartempion n'est jamais né. Ce garçon n'a pas eu de pot. C'est moi qui suis venue à sa place.

Quand ma mère nous appelle, elle dit « les filles ». Des fois, elle dit « Corinnesibyllegeorgette », comme si nos trois prénoms n'en faisaient qu'un. Quand ma mère tonitrue et qu'elle attache tout, c'est qu'il faut faire « fissa fissa ».

Le sommier bouge au-dessus de ma tête. Georgette gigote.

— Arrête ! Tu vas me tomber dessus !

Georgette me répond en remuant encore plus. Mieux vaut que je me lève avant qu'elle ne me tombe sur le coin de la figure. Georgette est allongée sur le dos, les deux jambes écartées. On dirait un dessin comme dans l'ancien temps. Quand les messieurs avaient trop bu et trop mangé. Ils avaient le gros ventre en l'air, les bras écartés et les jambes pendantes.

Chaque matin, elle a l'air encore plus fatiguée que la veille avant de se coucher. Quand je me lève, elle tourne difficilement la tête.

Elle rigole.

Elle rigole à cause de mes cheveux qui s'emmêlent complètement quand je dors. À l'école, ils voulaient couper mes cheveux pleins de lentes. J'ai refusé. Ils ont réussi à tuer les poux, mais les lentes... Ça a été plus compliqué. Je m'en fichais, des lentes. Je ne voulais pas qu'on me ratiboise la tête. Ça a étonné ma mère, qui trouve que je suis un garçon manqué. J'ai de longs cheveux. Même pour un garçon manqué, j'aime bien.

Le seul problème, c'est que ma mère veut absolument me faire deux tresses chaque matin.Je lui ai dit pourtant que ça fait cloche. Elle s'en fiche. C'est pas elle qui sort avec ces deux trucs sur la tête.

— Pourquoi tu t'en fais jamais, des tresses ? je lui ai demandé.

— Parce que j'ai passé l'âge, elle m'a répondu.

Alors, là... j'ai été soufflée. J'ai su que, quand on est petit, on n'a aucun droit.

— C'est à quel âge qu'on peut avoir l'air normal ? j'ai demandé.

— Quand on est majeur, on fait ce qu'on veut.

Encore huit ans. Quand je serai grande, je pourrai avoir l'air que je veux.

Elle est moche, ma robe de chambre que j'enfile sur mon pyjma. C'est mamie qui me l'a offerte. Bleue matelassée. On dirait son couvre-lit.

Il faut quand même la mettre, il fait froid dans la cuisine. J'aime pas non plus mes pantoufles, que je traîne façon savates, mais, par terre, c'est du carrelage.

Je laisse mes deux sœurs au lit.

En pyjama, robe de chambre et pantoufles, j'entre dans la cuisine.

— Ça caille, je marmonne.

Le balai de ma mère entre dans la cuisine. Ma mère suit. Le balai s'arrête, ma mère aussi.

— C'est normal, votre chambre est une étuve ! elle me répond, même pas gelée, en arrivant du cagibi attenant, même pas chauffé.

— C'est de l'argent foutu par les fenêtres, ça aussi.

Le petit appartement est modeste mais très propre. Ma mère ne gagne pas beaucoup d'argent, mais elle « n'aime pas la crasse ».

— La propreté, c'est gratuit, elle dit souvent.

Dans la cuisine, il y une table en formica brun, des

chaises assorties, un buffet en formica blanc. Un frigo et une gazinière constituent le principal du mobilier. Sur le buffet, il trône – l'objet le plus important de la maison : le réveille-matin. Il indique l'heure façon quartz rouge. Le réveille-matin est un membre actif de la famille. C'est lui qui demande d'arrêter de manger. C'est lui qui demande d'arrêter de se prélasser. C'est lui qui demande d'aller se laver. Le réveille-matin, c'est lui qui dicte les règles.

Ma mère est déjà lavée, habillée et très active. Elle n'aime pas perdre son temps. Elle est seule avec trois filles. Une maison et une famille à charge. Pas une seconde pour rêvasser.

À cette heure matinale, elle prépare le déjeuner : des biftecks à la moutarde.

J'ai le cœur soulevé par l'odeur. Je me pince le nez avec le pouce et l'index. Le nez bouché, je me déplace jusqu'à la joue de ma mère, sur laquelle je jette une bise rapide.

Sur la table, il y a trois bols dépareillés : du pain, du thé, tout ce qu'il faut pour notre petit déjeuner.

Au réveille-matin, il est 7 h 15.

Je remplis une casserole d'eau. Une action simple devient compliquée. D'une seule main, je porte la casserole. D'une seule main, je tourne le robinet. D'une seule main, je mets la casserole sous le robinet. La casserole se remplit. Avec une main, je pose la casserole sur la gazinière, à côté des biftecks. J'allume le feu sous la casserole. De l'autre main, je me bouche toujours le nez.

Je reste debout à côté de la casserole. J'attends que l'eau chauffe pour mon thé.

J'ai dix ans et je ne bois pas de lait, ça fait mal au ventre.

Ma mère s'affaire. Le balai à la main, elle range le pot de moutarde, il y en a assez sur les biftecks. Elle passe devant l'évier. Il y a une bassine en plastique bleu pleine de vaisselle. Les gestes de ma mère sont rythmés. Des gestes qu'elle répète depuis plusieurs années, exactement dans le même ordre. Elle fait couler de l'eau sur la vaisselle, la mousse monte. Elle coupe l'eau, tourne la tête :

— Tes cheveux, il y a carrément des nœuds dedans. Aujourd'hui, tu vas me faire le plaisir de les brosser.

Elle éteint le feu sous la viande, pose un couvercle sur la poêle.

Je le savais, de toute façon, qu'elle allait me faire un reproche.

Ça me fait hausser les épaules.

Georgette arrive à son tour, les yeux à moitié fermés. Un jour, elle va se prendre la porte à force de pas les ouvrir. Ça va bien me faire marrer. Je ne sais pas où ils vont tous chercher notre « air de famille ». Je suis toute maigre et tout énervée, elle... elle est toute grosse et tout endormie.

Pourquoi on s'assoit toujours à la même place ? Georgette va s'asseoir machinalement à la table.

— Ça va mieux, tes cuisses ?

Elle a l'intérieur des cuisses irritées parce qu'elles frottent quand elle marche.

— Je te remettrai de la crème après ta douche.

Georgette hausse les épaules.

Entraînée par son balai, ma mère sort de la cuisine. Que lui reste-t-il à balayer ? Ça doit faire une heure qu'elle balaie. Moi je crois qu'elle préfère marcher avec le balai. On dirait qu'elle va plus vite.

J'ai dû m'habituer à l'odeur des biftecks, je ne me bouche plus le nez. Je reste debout près de la casserole, j'attends que l'eau soit à la bonne température.

Georgette, à peine assise, a déjà engouffré un morceau de gâteau. Elle déglutit avec difficulté ce qu'elle mastique à peine. Elle n'a pas fini d'avaler que ses doigts attrapent déjà un autre morceau. Elle cherche à tâtons la nourriture sur la table.

Ça va pas s'arranger, ses cuisses, si elle continue comme ça, je me dis.

Le chauffe-eau, fixé au mur, s'enclenche. Son grondement emplit la cuisine. Corinne prend sa douche. Les chiffres rouges du réveille-matin indiquent 7 h 22.

Ça va, j'aurai le temps pour mon thé.

Georgette m'observe. Elle ne me quitte pas des yeux. Je fais comme si de rien n'était. Quelque chose va se passer, c'est sûr. Les joues gonflées, elle ne veut pas rater l'événement. C'est l'œil de l'inquisition. Je traficote quelque chose avec ma casserole, et Georgette aimerait bien savoir quoi.

Elle attend. Elle m'épie.

Tout doucement, je soulève le manche de la casserole.

Ça y est ! J'ai fait quelque chose !

— Tu fais quoi ?

Elle exige une réponse.

Qu'est-ce que je fais chaque matin avec le manche de la casserole ?

Tous les matins, je soulève le manche de la casserole, et Georgette ne sait pas pourquoi...

Je ne lui dirai jamais. C'est mon secret.

J'éteins le feu. Je ne réponds à aucune des questions grognées par ma sœur.

— Ton thé.

Un rituel. Chaque matin, je dis « ton thé » et Georgette cesse son interrogatoire.

Elle met un sachet dans son bol.

Elle ne se presse pas. J'attends, la casserole en l'air. C'est moi qui verse l'eau sur son sachet.

Le chauffe-eau s'arrête. Je bois mon thé cul sec. Je pousse mon bol au milieu de la table quand la porte de la salle de bains s'ouvre. Je ne me fais pas une « entorse » en nettoyant. Je file à la douche.

Fffffhhuuu... Je n'ai pas envie d'enlever ma robe de chambre. Pas envie d'entrer dans cette baignoire ! Il fait froid ! Faut pourtant grouiller. Il y a un ordre de passage et un minutage précis pour la douche.

Je respire fort deux ou trois fois. Je me hâte de me déshabiller et de faire couler l'eau chaude.

Si ça marche !

Je ferme la bonde de la baignoire : au cas où la douche ne fonctionnerait pas, j'aurai les pieds chauds.

C'est une baignoire sabot. Une toute petite baignoire. L'eau monte vite. Aujourd'hui, l'eau chaude ne vient pas.

— Maman ! J'arrive pas ! C'est trop chaud ou trop froid !

— Je t'ai montré l'autre jour ! Tu pousses à fond et tu redresses vers le froid après !

Cette douche, elle m'a toujours cassé les bonbons.

Je n'ai pas réussi à faire fonctionner le mélangeur. Transie, je sors, emmitouflée dans ma serviette. Corinne est dans le couloir face au miroir. Elle finit sa queue-de-cheval. Elle arrangera sa frange pendant un quart d'heure.

Elle ne sortira pas si sa frange n'est pas comme elle adore. Tous les jours, elle la remonte avec ses deux pouces. Il faut que ses cheveux forment un petit pont régulier devant son front.

— Tu as assez mangé, ça suffit.

J'entends ma mère qui s'adresse à Georgette.

Georgette engloutit un dernier biscuit, repousse son bol et file dans la salle de bains, laissant la table du petit déjeuner « dans l'état ».

Maman, elle dit toujours des phrases qu'elle est seule à dire.

Corinne déjeune après sa douche.

— Ça va comme ça, maman ?

— Oui. Mais sors ton T-shirt de ton pantalon.

— Ah ! Ça fait moche, quand on sort le T-shirt du pantalon.

— Et moi je dis que c'est les petites filles mauvais genre qui rentrent leur T-shirt dans leur pantalon !

Comme si Corinne ne savait pas que maman ne

connaît rien à la mode ! Maman dit toujours le contraire de ce qu'on aime.

— Sibylle ! T'es dégoûtante ! C'est tout sale à ta place !

— Ta gueule ! je lui balance pas tellement fort.

Ma mère a entendu.

Elle lâche ses ustensiles de ménage pour faire face à la catastrophe annoncée. Elle se dirige à peine le « ta gueule » prononcé, direct sur moi.

— Ta quoi ? elle demande.

Ma mère, quand elle décide de s'énerver, elle fout les jetons. C'est bizarre, quand elle décide de s'énerver, elle s'énerve tout de suite. On dirait que ça fait longtemps qu'elle en avait envie. Elle a du pot, je fais toujours un truc mal au bon moment.

Elle vient se planter juste en face de ma figure. Tout près. Elle ne bouge plus d'un millimètre. Elle fait ses yeux durs, ses yeux en couteau. J'essaie de soutenir son regard en fer.

— Ta quoi ? elle répète.

Je ne réponds pas.

Mes paupières commencent à battre nerveusement. Je sens que ça va partir. Je vais m'en prendre une.

Un moment d'hésitation...

— Ouh... J'ai la main qui me démange...

Les yeux de ma mère ramollissent. Je l'ai échappé belle.

— Attention, toi ! Tu prends un mauvais chemin ! Alors demain c'est toi qui balayeras la chambre de ta sœur. Non mais dis... Ta gueule... On aura tout entendu.

Quand elle s'en va, il me faut quelques secondes pour me remettre de mes émotions. Je préfère balayer demain et après-demain.

Quand on rate l'heure, le réveille-matin rappelle à l'ordre. Il se met à dégueuler une musique pleine de grésillements qui fait mal aux oreilles. On sait qu'il est 7 h 45 et qu'il est temps de partir.

Ma mère se tient debout devant la porte ouverte.

— Sibylle, j'aimerais bien que ce soir tu rentres avec tes tresses.

— Mais c'est pas ma faute, elles se défont quand je joue.

Georgette éclate de rire.

— Corinne, tu fais réchauffer les biftecks dix minutes. Aujourd'hui je n'ai pas le temps de rentrer à midi, j'ai les commissaires aux comptes.

Corinne dit oui. Ma mère peut lui faire confiance. Elle travaille loin de la maison, mais elle remonte les pentes de la Croix-Rousse au pas de course tous les jours à midi pour qu'on ne reste pas à la cantine.

Nous sortons de l'appartement. Maman donne un tour de clé.

La porte du voisin du dessous se déverrouille. Le bruit des cinq verrous qui glissent tour à tour. Le voisin est barricadé dans son appartement croix-roussien. Nous nous dépêchons pour ne pas le rencontrer. Maman fait comme si de rien n'était, mais elle se presse. Elle range ses clés à la hâte dans son sac. Nous nous ruons pour passer sa porte avant qu'il ne sorte. Trop tard. C'est chaque fois trop tard. La porte s'ouvre toujours avant qu'on ait eu le temps de déguerpir. Pas la peine d'espérer qu'il descende avant nous. Il nous attend.

Monsieur Aunette semble écouter derrière la porte. Ma mère ralentit la course quand il sort de chez lui. Il ne doit pas savoir qu'elle le fuit. Nous arrêtons de cavaler. Devant un problème qui s'annonce pour notre mère, nous faisons bloc, toutes les trois debout sur la même marche.

Le voisin affiche un visage écœuré quand il voit le tableau. Corinne pince sa bouche. Elle est toute rose de honte. Elle a honte dès qu'il se passe quelque chose. Georgette a les yeux à moitié fermés. Elle rumine intérieurement avec sa voix trop grave pour son âge. Elle ne comprend pas ce qui se passe, mais elle se méfie. J'attends, pour ma part, qu'on me permette de balancer un coup de pied dans les guibolles du voisin. Il décide de se détourner, les trois petites l'irritent. Le voisin pose ses yeux fouineurs et vides de considération sur ma mère. Il n'aime pas cette femme qui a l'air d'avoir des problèmes. Monsieur Aunette n'aime pas les gens qui ont des enfants. Il n'aime pas du tout cette femme sans mari. Il aime encore moins le nom italien posé sur la porte de l'étage du dessus. Cette femme seule sent presque la misère, et ça, à monsieur Aunette, ça lui file la gerbe. Il a envie de dégueuler, monsieur Aunette, quand il voit les trois petites du dessus et leur mère toute fauchée, aux cheveux si noirs et si peu lisses.

— Bonjour, monsieur Aunette.

36

Maman n'est pas en position de montrer son anti-pathie au voisin. En dehors de l'appartement, maman est une femme timide.

— 'jour..., il répond du bout des lèvres.

Il est en position de montrer sa supériorité.

Ma mère nous jette un coup d'œil. Le moindre bruit, la moindre respiration sera retenue contre elle.

Une marche après l'autre. Nous imitons les vieux qui descendent sans avoir l'air de vivre.

Que j'aimerais me retourner et dire au voisin de nous foutre la paix. Lui dire que, s'il n'aime pas les enfants, les enfants ne l'aiment pas non plus ! Lui hurler à la figure que son gros bide et ses jambes courtes le font ressembler à un pourceau. Ce n'est pas notre animal préféré !

Ce n'est pas par courtoisie que monsieur Aunette laisse ma mère passer devant. Il préfère qu'Anna Di Baggio soit devant lui plutôt que derrière.

Monsieur Aunette a réussi à se contenir quelques minutes. Il n'y tient plus. Son inspiration, trop forte, ressemble à un soupir inversé.

— Dites, elles ont des mules, vos filles ?

Sa voix résonne dans la cage d'escalier.

Maman s'arrête entre deux marches. La progéni-ture s'arrête à son tour et se retourne comme un seul homme.

Quand monsieur Aunette aura parlé, nous devrons faire attention à une chose de plus. Maman est mal à l'aise devant le voisin qui se tient si droit, les deux pieds sur la même marche.

— Des quoi ? demande ma mère.

Monsieur Aunette est exaspéré avec cette femme qui ne comprend rien à ce qu'on lui dit.

— Des pantoufles ! J'ai croisé les Boutin... Ils râlent... Eux aussi... Ils ont du bruit en permanence. Alors, en plus des cris, les coups de talons, ça fait beaucoup.

Je ne vais plus pouvoir mettre mes pantoufles en savates, va falloir les enfiler normalement.

Sa bouche fine est toute molle. Sa femme aussi nous déteste. Elle fait comme si on n'existait pas. Même si on lui tient la porte !

— Si les talons de mes filles dérangent les Boutin, ils viendront me trouver, non ?

La tension tombe. Ma mère ne s'est pas laissé démonter ! Il ne sait plus quoi dire !

Nous sommes fières de notre mère ! Nous pouvons continuer notre descente en silence. Le cahier des charges ne sera pas alourdi par une nouvelle récrimination du voisin.

Quand nous arrivons dans le hall, monsieur Aunette s'enfuit. Il ne veut plus respirer le même air que nous.

Toutes les quatre, nous nous séparons devant les deux cents boîtes aux lettres.

— À ce soir.

— À ce soir.

— À ce soir.

— À ce soir.

Je sors la première, suivie de Georgette. En un éclair, nous sommes sur les pentes de la Croix-Rousse. Corinne est entrée au collège il y a un an.

Elle n'a plus de maître. Plus de maîtresse. Elle a des professeurs.

Georgette et moi allons au groupe Victor-Hugo. L'école se trouve en bas de la pente que je m'apprête à dévaler en quatrième vitesse.

Georgette aimerait courir aussi vite.

— Geogeo, tu cours pas ! Tu sais ce que maman a dit !

Georgette est « empotée ». Avec moi, ça ne sert à rien, je n'en fais qu'à ma tête.

Corinne et Georgette se font une bise. Je m'éloigne en défaisant mes tresses.

— Maman t'a dit de ne pas tout défaire !

Je suis déjà trop loin.

— Juste une ! Tu m'en refais juste une !

Je supplie ma grande sœur qui me fuit. Corinne se retranche dans sa partie de chambre. Elle est horrifiée par mon visage amoché.

— Allez, s'te plaît, juste une !

Corinne ne me répond pas. Elle ne veut pas s'approcher de moi. J'ai la figure toute déformée. Je ne peux plus ouvrir mon œil gauche. Il est tout violet. J'ai une tête de « mauvaise graine ». Il m'est arrivé un problème à l'école.

Au groupe Victor-Hugo, il y a la cour des grands et la cour des petits. Depuis le début de l'année, Georgette m'a rejointe dans la cour des grands.

Ce jour-là, ma sœur et ses copines auraient dû être assises près de la porte de la cantine.

— Hein, Geogeo ? Vous auriez dû être vers la cantine ?

Georgette hoche la tête. C'est vrai, c'est là qu'elle aurait dû être avec ses copines, pas au centre de la cour.

Les anciens petits, les nouveaux grands, ne sont jamais au centre normalement. La cour appartient aux vrais grands, pas aux nouveaux. Les instituteurs n'ont rien remarqué ! Ils discutaient tranquillement sous le préau. Les CM2 étaient tous planqués derrière les platanes, dans le renfoncement de la cour. Trente dans ma classe, vingt-neuf dans l'autre. Les instituteurs ne pouvaient pas nous voir du préau. Nos deux classes de CM2 allaient s'affronter à la course en sac.

— Hein, Geogeo ?

— Exactement ! Les instituteurs regardaient partout ailleurs !

— La course en sac ? C'est complètement débile de faire ça ! Ça t'a rapporté quoi ?

Corinne m'en veut terriblement. Elle continue de me parler depuis sa partie de chambre.

L'heure passe, maman va rentrer. Je ne veux pas qu'elle me voie dans cet état. Avec ce que j'ai sur la figure, elle va avoir un coup, si en plus je suis coiffée comme ça...

— Y en a marre de ce Kader ! peste ma sœur aînée.

Je sautille sur place. Maman va rentrer.

— J'ai qu'à te la faire, moi, la tresse, me propose Georgette en désespoir de cause.

— Tu saurais ?

Georgette hausse les épaules. Elle veut bien essayer.

Je me mets à genoux par terre, Geogeo est si petite. Elle sépare mes cheveux, malhabile.

Ma petite sœur n'a jamais réussi à natter les cheveux de sa poupée.

— Grouille ! Faut que j'aille chercher ton buvard.

Je me suis fait amocher par Kader, je me suis fait engueuler par Fachotte, en plus ma grande sœur refuse de m'aider... Il y a des jours où, vraiment, je n'ai personne de mon côté.

— Tu vas ressortir avec ta figure ?

Corinne fait tout pour m'enfoncer.

— Ben oui, tu veux que je sorte comment ? Maman m'a demandé d'aller acheter le buvard de Georgette.

C'est toujours moi qu'on traite d'ahurie, mais là, franchement...

— Et si quelqu'un te voit ?

— C'est trop tard, on a croisé Fachotte en rentrant tout à l'heure.

— Quoi ? Elle t'a vue comme ça ?

— Tu crois que je me balade avec une cagoule ?

Geogeo éclate de rire.

— Tu rigoleras encore quand maman rentrera ?

Georgette arrête de rire.

— « Retourne dans ton pays ! » Fachotte gueulait toute seule dans le hall d'entrée de l'immeuble quand on est revenues de l'école, Geogeo et moi. C'est la première fois que je voyais Fachotte ailleurs qu'à son balcon.

— Moi aussi.

Georgette n'en revient pas de l'avoir vue dehors.

— Tu l'avais déjà vue, toi ? je demande à Corinne.

— Non. Elle gueulait ça à qui ?

— À la mobylette.

— Tu l'as appelée madame Fachotte ?

Malgré l'état de ma figure, Corinne s'intéresse à ce que je lui raconte. Elle s'approche prudemment de la ligne de démarcation, comme si mon gnon pouvait lui sauter dessus.

Fachotte, personne ne l'a jamais vue dans la rue. Toujours à son balcon. Elle est méchante. Sauf avec les pigeons. « Elle jetterait la moitié de la baguette par la fenêtre pour les pigeons, mais elle ne filerait pas une miette à un crève-la-faim. »

« Qu'est-ce qui t'est arrivé, mon petit ? »

C'est la première fois qu'elle m'adressait la parole.

« Ils vont tous nous bouffer ! » elle nous a hurlé d'un coup, en pleine face. « Faut dire à votre mère de vous enlever de cette école ! C'est de la mauvaise graine que vous côtoyez ! »

En fait, elle est folle, on s'est aperçues.

« Vous n'avez rien à faire là-dedans ! » elle m'a dit, comme si c'était de ma faute, comme si je pouvais décider.

— Qu'est-ce qu'elle a dit d'autre ?

« Ils ne savent même pas élever leurs gosses. » Elle m'a désigné d'un coup de menton, comme si j'avais des enfants.

« Tu t'es battue ? Eh ben, c'est pas joli pour une fillette ! Malotrue ! Malapprise ! » Elle me regardait en fronçant son nez. Elle a voulu me donner un coup de filet à provisions. Hein, Geogeo ?

Corinne accepte peu à peu de regarder ma figure.

— Ah là là... Ta tête... Maman va avoir une crise

cardiaque ! Comment tu t'es débrouillée ? Ça fait mal ?

— Ça va...

— Pourquoi tu t'es battue ?

— Je ne me suis pas battue, c'est Kader qui m'a fait tomber à la course !

Ma grande sœur secoue la tête.

— C'est n'importe quoi, cette tresse. Je vais te la faire.

Corinne a pitié de moi et de Georgette qui s'applique à faire n'importe quoi.

— Tu veux pas m'en faire deux ?

Il n'y a pas que Fachotte qui n'aime pas Kader.

Kader, personne ne l'aime. Personne ne lui parle. Personne ne le regarde. Kader n'est jamais avec les élèves de sa classe. Il est trop grand pour tout le monde. C'est le plus grand de toute l'école. L'année dernière, déjà, c'était le plus grand. Cette année, c'est encore pire. Il a presque quinze ans.

Il est en « CLIN », la classe de réadaptation pour ceux qui arrivent de leur pays quand ils sont trop grands. Ceux qui ne savent pas parler le français. Il y était déjà l'année dernière.

Il a souvent essayé de parler avec Karim ou avec Ali, avec Zohair ou Nordine, parce qu'ils sont arabes. Karim et les autres parlent un peu arabe avec leur mère et leurs frères, mais ils ne comprennent jamais rien à ce que dit Kader. Depuis un an, ma grand-mère travaille avec la mère de Kader. La mère d'Ali est d'accord avec ma grand-mère : la mère de Kader pose toujours des problèmes. Les mères des Arabes, les

44

grands-mères des Italiens, des Portugais et des Espagnols, travaillent ensemble. C'est pour ça que Fachotte dit « tous dans le même sac ».

Chez les Italiens, les Portugais et les Espagnols, c'est les grands-mères qui font le ménage. Les mères n'ont pas besoin. Elles font plutôt un autre métier. Ça dépend du pays en fait. Les Portugaises et les Espagnoles, normalement, elles font plutôt gardiennes. Les Italiennes, c'est un peu comme ma mère ou mes tantes. Elles sont vendeuses ou comptables, ou je sais pas trop... Les Arabes, à part celles qu'ont un mari épicier, elles font le ménage avec les grands-mères portugaises, espagnoles et italiennes.

En fait, les mères doivent faire le ménage parce qu'il n'y a pas trop de grands-mères arabes pour le faire à leur place. Peut-être qu'elles sont mortes ?

— Et les Vietnamiennes ?

Corinne ne sait pas trop. Il n'y en a pas beaucoup. Ils sont tous en CLIN, dans la classe de Kader. On ne comprend rien à ce qu'ils disent.

— Pieds-noirs ? C'est une insulte aussi ?

— Non.

Les pieds-noirs, moi, franchement, je comprends rien. Il y en a qui sont riches, d'autres qui sont pauvres. Il y en a qui veulent bien faire le ménage, d'autres non.

Ma grande sœur m'a expliqué qu'ils sont arabes, mais qu'ils sont pas arabes. J'ai rien compris. Avec la Yougoslave non plus, j'ai rien compris.

À part les Vietnamiennes et la Yougoslave, pour les autres, c'est clair. Même si les mères ne travaillent pas ensemble, comme il y a les grands-mères, c'est facile de savoir les histoires sur tout le monde.

Sauf ma mère. Ma mère, c'est pas pareil. Ma mère est italienne, mais elle a trois Françaises. Elle a du mérite, elle les élève toute seule. « C'est leur père qu'est français. » Ma mère, personne ne parle sur elle. Elle parle de personne.

L'année prochaine, Kader passera peut-être en sixième. Corinne n'a pas envie qu'il arrive au collège. L'année dernière, il n'a pas arrêté de l'embêter. Il est amoureux d'elle, lui aussi. Il la collait en permanence. Il était amoureux de ma grande sœur, alors il lui tirait les cheveux. C'est le directeur qui nous a dit que Kader était amoureux de Corinne. Moi j'aurais plutôt dit le contraire. Beaucoup de garçons sont amoureux de Corinne. Ils ne lui tirent pas tous les cheveux ! Je préfère que personne ne soit amoureux de moi. Si c'est pour se faire scalper ! Merci bien.

Je me suis battue avec lui l'année dernière. J'ai perdu. Il est trop grand.

— T'as bientôt fini ?
Corinne met un temps fou à me recoiffer.
— J'y arrive pas ! Je vais tout défaire, ça vaut mieux.
— Grouille !
— C'est ton œil, ça fait peur.
— T'as qu'à pas le regarder !
— T'avais qu'à pas faire la course !

C'est interdit, la course en sac, mais on a fait un pari. On avait tout organisé depuis une semaine.

La compétition avait commencé. La classe de monsieur Sutter avait deux points d'avance sur treize passages. On s'affrontait deux par deux. Le premier qui arrivait au banc faisait marquer un point à sa classe. Ma classe était en train de perdre. Je priais pour ne pas tomber contre Kader. Je n'osais pas me présenter au départ tellement j'avais peur qu'il s'y mette en même temps. Au bout d'un moment, j'ai fini par me dire, ils vont tous y aller, il ne restera plus que le géant et moi. Alors je me suis présentée. J'ai bien fait d'avoir peur, ce que je craignais est arrivé. Il a bousculé Patrice pour se présenter contre moi. Je n'ai rien dit.

« Il va perdre contre toi ! Il est trop grand. Il ne peut pas bien sauter », ma classe en était sûre.

Kader a mis ses longues jambes minces dans son sac. Le sac ne lui arrivait même pas aux hanches. Moi, je l'avais presque sous les bras.

Damien a donné le départ.

J'ai sauté. J'ai sauté ! J'avançais vite ! Ah, ah ! Kader était derrière moi ! Encore deux sauts et je faisais gagner un point à ma classe !

Plus qu'un saut ! Je me suis élancée. Kader a attrapé mon sac ! Il m'a retenue. Il m'a déséquilibrée ! J'ai vu le banc se rapprocher. Je n'ai pas pu me rattraper, mes pieds étaient pris dans le sac. Je suis tombée la tête la première sur le banc.

Ça m'a coupé la respiration.

Les instituteurs ont été alertés par mes cris. Ils sont arrivés en courant dans le renfoncement de la cour, derrière les platanes. C'est madame Prunier qui m'a relevée.

Kader et moi avons été entraînés à l'infirmerie.

L'infirmière a vérifié que je n'avais pas besoin de points de suture. Elle a vérifié que mon œil n'avait « rien de méchant ».

Je suis restée allongée pendant une heure et demie. J'ai dormi. La sonnerie de la deuxième récréation m'a réveillée. La première personne que j'aie vue, c'est Kader. Il était assis sur une chaise en face de moi ! Il était puni à me surveiller.

Je savais qu'un jour ou l'autre Kader recroiserait mon chemin.

Un turbo s'est allumé dans mon ventre. Je me suis levée du lit de camp. Kader n'a pas eu le temps de comprendre. Je lui ai écrasé la tête contre le mur de l'infirmerie de toutes mes forces. Ça l'a sonné. Il s'est levé. Il m'a attrapé le T-shirt. Je lui ai craché dessus. Je lui ai balancé des coups de pied.

« Faut que je lui vise les couilles », je me disais.

Bingo ! Un mètre quatre-vingts s'est écroulé comme une mauviette sur le lino ! Il a gueulé lui aussi.

Il se tenait l'entrejambe.

Un instituteur est entré comme un garde du corps dans l'infirmerie. La personne à maîtriser, moi : un mètre quarante-quatre, trente et un kilos.

Il m'a traînée dehors devant tout le monde.

— Je lui ai tapé les couilles !

J'ai envoyé l'information à ma classe.

L'instituteur me serrait le bras trop fort.

— Aïe ! Aïe !

Mes pieds ne touchaient pas terre.

48

Monsieur Arnoult, mon maître, est venu me libérer. Il m'a emmenée sous le préau.

— Il est super, lui. J'aurais bien voulu avoir un père comme lui...

Corinne adore mon maître. Elle aimerait bien que maman se marie avec lui. Il a déjà une femme.

Monsieur Arnoult s'est accroupi devant moi. Il voulait que je le regarde. Il ne savait rien. Il était arrivé trop tard.

Il allait dire que je suis une gentille fille, bonne élève, mais que parfois ça va pas avec moi. Il n'avait pas envie de me conduire chez le directeur. Il fallait, c'était ma faute. Il respirait comme s'il était embêté pour moi, j'ai remarqué.

Il a fait signe à l'instituteur qui m'avait presque cassé le bras que « c'est bon », il pouvait s'en aller. L'autre a soupiré très fort tellement il était fatigué avec tout ça. C'est pas croyable, des énergumènes pareils ! Il en avait ras la casquette. Comment on pouvait travailler normalement ? Il voulait convoquer ma mère. Monsieur Arnoult n'a rien répondu.

— Qu'est-ce qui s'est passé encore avec Kader ?

Il ne savait pas pour la course en sac. Il regardait mon œil. Il croyait que Kader m'avait donné un coup de poing.

— Tu ne veux pas me répondre ?

Le géant a été conduit chez le directeur. Il marchait bizarrement avec ses couilles.

En passant devant moi, il a mis son index comme un couteau sur sa gorge. Il m'a regardée d'un air menaçant. Je vais t'égorger, ça voulait dire.

Je n'ai pas bougé.

— Tu préfères parler à monsieur Payet ? m'a demandé mon instituteur.

Monsieur Payet, c'est le directeur de l'école.

— Il t'a bien amochée, il a dit en souriant.

Il avait raison de sourire, c'était pas lui qui allait se faire tuer par ma mère ! On aurait dit qu'il était content que mon œil soit foutu.

— Tu as mal ?

J'ai fait « bof » avec mes épaules.

— Ça ne me fait pas plaisir. Je dois te présenter à monsieur Payet, puisque tu ne veux pas parler avec moi.

— Si, j'ai dit sans lever les yeux.

Je voulais bien parler avec lui.

Monsieur Arnoult a quand même demandé :

— Si quoi ? Tu veux parler avec moi ?

J'ai fait « oui ».

J'étais toute débraillée. Il a tiré mon T-shirt pour me cacher le ventre. Il a refait le lacet de ma basket. Il m'a soulevée. Monsieur Arnoult a décidé que je n'avais plus besoin de marcher. Il s'occupait de moi, maintenant. Ça suffisait de me tomber dessus. J'avais sommeil d'un coup.

— J'ai fini.

— J'y vais. Il est quelle heure ?

— Grouille, elle va rentrer d'une minute à l'autre.

Je me suis pourtant dépêché le plus que j'ai pu ! J'ai presque volé dans les escaliers. J'ai sauté les marches par groupe de cinq !

— Qu'est-ce qu'il t'est arrivé, ma petite Sibylle ?

monsieur Mirule m'a demandé quand je suis entrée dans son magasin.

— Je suis tombée à l'école.

Il a souri. Il est gentil, monsieur Mirule.

— Qu'est-ce qu'il te faut ?

— Un buvard.

— Je le mets sur la note de ta mère ?

— Oui. Merci.

— Bonne soirée.

— Bonne soirée.

Je referme la porte de sa papeterie, je fonce encore plus vite. Ça devient critique, maman va arriver maintenant.

Pourvu que Fachotte ne soit pas revenue gueuler dans le hall...

C'est dégagé.

Qu'est-ce que je vais lui dire ?

— Sibylle ? Sibylle ? j'entends, dès que je passe le hall.

Mince ! Elle est déjà là ? C'est la voix de ma mère ! Elle est juste derrière moi, sur la coursive qui mène à l'entrée de l'immeuble. Entrée D. Je ne peux pas me retourner maintenant !

Ma mère m'appelle de nouveau.

— Sibylle ?

Elle est rentrée une minute trop tôt ! Une minute plus tard, j'aurais été dans les escaliers. Une minute plus tard, elle ne m'aurait pas vue ! Corinne aurait pu lui expliquer avant !

— Sibylle ? elle m'appelle encore.

Elle sait que je l'ai entendue. Sa voix a changé de ton. Elle sent bien que quelque chose cloche.

Ma mère continue d'avancer. Je l'attends. Il vaut mieux que je me retourne quand elle sera plus près de moi. Je reste de dos.

— Je me suis fait mal, mais c'est pas grave ! je la préviens.

Comment faire pour que ce soit moins impressionnant ?

— T'as pas peur ? Hein ?

Je la préviens une dernière fois avant de me retourner.

Elle a pourtant répondu « non » ! Elle a pourtant dit que je pouvais me retourner sans problème ! Eh ben, quand elle me voit, c'est pire que ma grande sœur ! Elle s'écrase contre la rambarde en poussant un gros râle. J'ai le réflexe de la retenir. J'ai cru qu'elle passait par-dessus la barrière.

Elle me demande qui m'a fait ça. Qui m'a tapée.

Je lui explique que c'est Kader. Ma mère a un soupir de soulagement.

— T'en as pas marre ? elle me demande.

Elle est épuisée d'un coup. On dirait que c'est elle qui a fait la course en sac.

— Tu me fatigues, elle dit.

Et puis c'est tout.

Alors tout le monde trouve à redire contre Kader, sauf ma mère ? Kader a le droit de me faire un œil au beurre noir ? Les autres parents défendent leurs enfants ; nous, on n'est jamais défendues ? Qu'est-ce qui serait important ? J'ai envie de lui demander. Il a quatorze ans et demi ! Moi, seulement dix ! Ça, c'est pas grave ? C'est encore moi qui vais me faire engueuler bientôt ! Qu'est-ce qu'il faudrait pour que ma mère trouve que ce n'est pas ma faute ?

Je ne pose aucune de ces questions.

Ma mère est livide. Elle est allée s'allonger sur son lit un moment.

— Il aurait fallu faire comment ? j'ai demandé à Corinne qui m'a engueulée à la place de ma mère !

— Il aurait pas fallu avoir ça sur la figure ! elle m'a dit pendant qu'elle faisait réchauffer le gratin.

Ma mère était trop faible.

Je lui ai foutu la trouille.

Ah bon ? C'est maman qui s'est pris un gnon, on dirait maintenant.

— Je te signale que, si Kader me tape, c'est parce qu'il t'aime !

— C'est pas le problème.

De mieux en mieux !

— Toi, t'as mal à l'œil, maman a mal ailleurs, m'a sorti Georgette.

Qu'est-ce qu'elle a, celle-ci ? Qu'est-ce qu'elle en sait, si ma mère a mal quelque part ?

Corinne semblait d'accord avec Georgette.

Bon. Si tout le monde était d'accord que ma mère a plus mal à son gnon qu'au mien, alors...

— Alors une tresse africaine !

Je négocie avec ma mère.

Elle n'écoute rien du tout. Je suis assise dans la cuisine, face au réveille-matin qui nous presse encore avec ses gros chiffres rouges. Georgette est déjà passée au nattage. Corinne a le droit de se faire sa queue-de-cheval et son petit pont toute seule. Ma mère ne prend même pas la peine de me répondre. Elle natte mes cheveux d'abord à droite. Elle est énervée à cause de mon gnon. Ça l'énerve, que j'aie ça sur la figure pour l'anniversaire de ma tante.

— T'as intérêt à raser les murs, elle m'a dit tout à l'heure.

Ça veut dire que, à l'anniversaire de ma tante, je ne vais pas pouvoir tellement m'amuser. Mon gnon ne doit pas être exhibé. Comment je vais faire ? Je ne vais quand même pas rester de profil pendant tout l'anniversaire ?

Ma mère a mis à peine deux minutes pour la raie, les deux tresses et les élastiques. Elle pose du papier d'aluminium sur un saladier plein de haricots verts. Si mon parrain vient, il ne mangera pas de haricots verts. Moi non plus, j'espère. Ma mère place les deux bouteilles de cidre dans un sac en plastique.

— Tu portes ça.

Elle me colle le sac sur la poitrine. Je n'ai plus qu'à refermer mes bras autour des bouteilles.

Elle a déjà ouvert le frigo. Elle en sort un autre plat rempli de salade de fruits.

— Corinne, tu prends ça.

Elle colle du pâté en croûte dans les bras de Georgette. Ça la fait rigoler.

Elle noue un torchon autour du rôti. Les chiffres du réveille-matin indiquent 11:11.

Quatre fois le même chiffre. Quand c'est comme ça, je fais un vœu. Je fais le vœu que mon parrain viendra à l'anniversaire de ma tante Angèle.

— Les filles, vous sortez les T-shirt des pantalons.

Maman jette un dernier coup d'œil à nos tenues. Moi, je jette un coup d'œil sur le fait qu'on a toutes les trois le même T-shirt. C'est nul. Ça fait pauvres tartes. Les trois qui arrivent avec leurs trois T-shirts pareils.

C'est maman qui voulait qu'on soit bien habillées pour les vingt ans. C'est réussi ! Pour les vingt ans, elle a décidé de nous offrir un habit neuf à chacune. Au début, j'étais contente, mais je me suis bien rendu compte qu'il n'y aurait pas de quoi se réjouir.

Corinne a choisi le T-shirt avec un cheval à paillettes qui court dessus. Elle adore. Sa copine en a un marqué « Disco » à paillettes bleues. Le cheval n'était pas trop cher, ma mère a dit d'accord. Georgette a choisi exactement le même.

Corinne n'a pas réagi...

Moi, je cherchais ce que je pouvais bien trouver. Il n'y avait rien dans ce magasin. Rien que j'aimais. Que des T-shirts avec des chevaux, des chiens, des chats. Ma mère en avait marre que je tergiverse. Je poussais les cintres. Au bout d'un moment, comme tout le monde soufflait, j'en ai choisi un avec un camion américain rouge. Bon, celui-là, ça allait...

— Un vrai garçon manqué, a dit ma mère.

La vendeuse a acquiescé. Ce n'était pas la peine que ma mère lui fasse la confidence. Avec mon gnon, c'était écrit sur ma figure.

Non. Elle n'avait pas ma taille. C'était un T-shirt pour les « plus grands ».

Tant pis, je m'en fichais.

— Ça va te faire une robe, m'a dit ma mère.

Je voulais quand même le 16-ans.

Il n'en était pas question. Elle en a eu marre que je lui fasse perdre son temps, elle s'est levée d'un coup.

— Vous me mettez le même que pour les deux autres en 10 ans.

Ma mère était suffisamment énervée avec mon œil, je n'ai pas voulu en « rajouter ». La vendeuse ne m'a pas regardée. C'est ma mère qui commandait, elle a senti. On est reparties avec les trois mêmes T-shirts.

Cette fois, ma grande sœur non plus n'était pas ravie. Deux, passe encore, mais trois, c'était la honte.

— Tu vois ! Je t'avais prévenue qu'il était nul, ce magasin ! je lui ai dit sur le chemin.

Ma grande sœur était dépitée.

Georgette était heureuse. Elle allait avoir le même T-shirt que nous. Elle a sorti le sien du sac pour l'admirer !

Corinne et moi, on n'avait même plus envie de le regarder.

Après une dernière inspection, ma mère décide que nous pouvons partir chez ma tante.

Au réveille-matin, il est seulement 11 h 13. L'anniversaire d'Angèle ne commencera qu'en fin d'après-midi, mais ma mère va aider à préparer.

— Nous, qu'est-ce qu'on va faire ? j'ai demandé.

— Toi, tu vas te faire oublier.

Corinne m'a prêté son livre d'histoire. Il y a de belles illustrations dedans. Je pourrai en recopier une. J'ai pris ma trousse et des papiers Canson.

Ma tante et mamie ont sursauté quand elles ont vu mon œil.

Maman leur a raconté Kader et la course en sac. J'ai quand même vu que papi a failli rigoler.

Mon cousin Toni était fier que je ne me sois pas laissé faire. Si Toni venait me chercher à l'école, ça se passerait autrement. C'est ma mère qui ne veut pas.

Les sœurs de ma mère, mamie et Angèle ont préparé le repas. Toni et mon oncle ont préparé la piste de danse. Ce soir, la fête se passera dans le jardin. Ils avaient plein de prises, de fils, d'ampoules de toutes les couleurs, la chaîne stéréo, des disques.

Moi, je suis allée dans l'appartement de ma tante, au-dessus de chez sa belle-mère.

— Tu te mets dans un coin et je ne veux plus t'entendre jusqu'à ce soir ! m'a dit maman.

Ça m'arrangeait bien. C'est rare que j'aie le temps de dessiner autant que je veux.

On n'a pas tous les jours vingt ans !

Je m'égosille ! L'anniversaire de ma tante a commencé ! Elle a vingt ans dans trois jours. C'est la fête ! Angèle est beaucoup plus jeune que ses frères et sœurs et, pour son anniversaire, il y a une fête avec plein de gens. Toute la famille est venue. Elle n'a pas besoin d'inviter des collègues. Elle a des copains. C'est super ! Ils ont tendu une bâche dans le jardin de la belle-mère.

Ils ont loué des spots ! Les lumières bougent au rythme de la musique. Un truc que j'adore, c'est la boule qui est pendue au milieu de la bâche.

— Comme dans les boîtes de nuit, m'explique Toni.

Une boule avec plein de petits miroirs dessus. Elle tourne. On peut danser au milieu de toutes les couleurs ! « Ça me déplairait pas, que tu m'embrasses, banana »... C'est la chanson de Lio ! « Bananana, bananana split ». Je saute partout. Je ne savais pas que j'aimerais tellement cette fête.

J'ai ma chaîne autour du cou, qui saute en même temps que moi. Quand je danse à droite, ma médaille saute vers la gauche. Quand je danse à gauche, ma médaille saute vers la droite. Quand je danse tout droit, elle saute sur mon nez. Comme je m'amuse !

— Dis donc... Elle est à qui celle-ci ? une copine d'Angèle demande à une autre en me désignant d'un coup de menton.

— C'est la deuxième de sa sœur aînée.

« Sa sœur aînée », c'est ma mère.

— Comment ça se fait qu'elle est toute blonde ?

Ça se voit qu'elle vient de soulever un lièvre, la copine.

— C'est le père qui est blond. C'est son portrait craché, il paraît, l'autre répond en haussant les sourcils.

C'est dur à avaler, mais c'est la version officielle, elle a l'air de penser.

— Elle est du même père que les autres ?

Elle n'est pas convaincue-convaincue, la copine.

— Oui, je crois.

— T'as vu son œil ?

— Elle se bat tout le temps. Elle est infernale, il paraît. Sa mère, la pauvre, elle est seule avec ses trois filles.

Elles ont discuté juste devant moi. Elles ont cru qu'avec la musique je ne pouvais pas entendre. Faux. Totalement faux. J'ai tout entendu. S'il y a un truc dont tout le monde est sûr dans ma famille, c'est qu'« elle lui ressemble comme deux gouttes d'eau ». « Le portrait craché ».

Quand je ris, tout le monde dit en catimini : « Oh là là, on dirait lui. » Ça m'énerve.

Il y a un truc qui m'énerve encore plus, c'est :
« Celle-ci, c'est bien une de chez eux, il n'y a aucun
doute. »

Ah ouais ? Alors comment ça se fait que je suis
au milieu des Di Baggio si je suis une de chez eux ?
Un jour, je vais leur demander !

Ils sont tous bruns, sauf moi. Ils ont les cheveux
aussi noirs que les miens sont blonds. Je suis blonde
« comme les blés ». Ils sont aussi bronzés que je suis
blanche. Le mouton blanc au milieu des moutons
noirs. Même l'été, je reste blanche. « Celle-ci doit
se baigner en T-shirt, sinon on la pèle comme une
patate. » Heureusement que mes sœurs ont les yeux
bleus, ça nous donne un « air de famille ».

— La grande et la petite se ressemblent. La
deuxième, c'est plus discret, dit la copine de ma tante.

Bon, elle, c'est réglé, je lui marcherai sur le pied
en dansant tout à l'heure.

— C'est quoi, ça ? Ça me fout une envie de vomir
ce truc qui s'est mis en marche !

— Un stroboscope.

— Un stroboscope ?

Ça ralentit les gestes. Oh là là, ça ne va pas du
tout avec ce truc. Je vois tout le monde bizarrement !
Je suis obligée de m'agripper à la barrière. Je me
demande si je ne vais pas m'allonger. J'ai la nausée.
Ma mère va être contente : non seulement je vais raser
les murs, mais je vais aussi raser la pelouse.

— Il y a ça dans les boîtes de nuit ? je demande
à Toni.

— Ben ouais.

Il fait comme si tout allait bien.

Je m'aperçois qu'il ne va pas beaucoup dans les boîtes de nuit quand il s'accroche à la barrière à côté de moi.

— On pourra jamais aller dans les boîtes de nuit.

— C'est parce qu'ici c'est trop petit, il s'énerve, alors que c'est lui qui l'a installé, le stroboscope.

Ah oui, ici c'est trop petit ! Le jardin de la belle-mère est un jardinet. En plus, avec la bâche... Ça réduit encore la taille du jardinet.

— Je vais arrêter ce truc.

Il part en titubant.

Ouf ! Je me sens mieux. Les éclairs blancs se sont arrêtés.

Mon parrain arrive à la fête ! Ça veut dire que les vingt ans de ma tante, c'est vraiment exceptionnel. Normalement, mon oncle ne vient pas aux fêtes de famille. Il habite trop loin. Il a plein de trucs à faire. Mon parrain, c'est pas comme ses sœurs. Il n'a pas besoin de donner des raisons. S'il ne vient pas, il ne vient pas. S'il vient, c'est mieux que tous ceux qui viennent tout le temps. Quand il arrive dans le jardin, les regards se tournent vers lui. Qu'est-ce qu'il va dire ? Qu'est-ce qu'il va faire ? Est-ce qu'il est content ou non ?

Il est comme personne. Il est plus que tout le monde. Il est plus italien que les autres. Ça se voit qu'il est le plus fort. Il est le plus brun. Ses yeux sont les plus noirs. Quand il fait une blague, c'est drôle, on éclate de rire pendant longtemps. Quand il ne rigole pas, sa figure est d'une façon, quand il rigole, sa figure se tire en arrière. Ses cheveux aussi, ça les fait aller en arrière. Même ses oreilles, ça les fait aller en arrière. Il sait bouger ses cheveux et ses oreilles. Il m'a appris. Tout le monde le craint. « Il vaut mieux l'avoir avec toi que contre toi », tout le monde dit.

Mon parrain ne sourit jamais quand il arrive. Il s'en fout d'être poli. C'est ma marraine qui sourit à sa place. Il ne dit pas bonjour. Il fait signe de la tête. C'est ma marraine qui dit bonjour à sa place. Il ne demande pas comment ça va. C'est ma marraine qui pose la question. Lui, il écoute le résultat.

Sa voix rappelle celle de ma petite sœur, en pire. « Il se gargarise aux lames de rasoirs. » Quand il parle, on l'entend à peine. C'est seulement quand il gueule d'un coup que ça fait un gros bruit, sa voix « plus qu'éraillée ».

Il serre la main de quelques copains. Il est obligé d'y aller mollo, sinon il leur casserait les os des doigts !

Je n'ai jamais vu des mains comme les siennes. Elles sont toutes râpeuses. Ça le fait rigoler, de nous les frotter sur la figure jusqu'à ce qu'on dise « aïe ». Il ferme son poing énorme, il me dit de mordre. J'ai presque mal aux dents tellement je serre. Il ne sent pas la douleur. De toute façon, ça se voit qu'il a jamais mal. Ses pouces sont fendus comme s'il s'était coupé avec un couteau. Ça ne saigne pas. Il ne se soigne pas. Il s'en fout de se soigner.

— Qu'est-ce que t'as sur la figure ? il me demande direct.

— Course en sac, je suis obligée de répondre.

Ma mère n'est pas loin. J'aurais préféré lui dire que j'ai filé une correction à un « grand dadais »...

— J'ai cru que tu t'étais pris une châtaigne ! il me

dit en rigolant. Attention ! S'il y en a un qui te cha-
touille, tu lui dis que ton parrain va venir. On lui taille
les oreilles en pointe !

Tout le monde s'esclaffe.

Je ne peux rien lui raconter à cause de ma mère.
Je lui raconterai tout à l'heure. On ira tailler des
oreilles en pointe.

— C'est quoi ce T-shirt de Fangio ?

Ça veut dire : « C'est quoi ce T-shirt de frimeur ? »
Mon parrain, il voit toujours ce qui ne va pas !

Fangio, c'était un coureur automobile, il m'a
raconté. Dès que quelqu'un crâne, il le traite de Fangio. Je voudrais bien lui dire que j'aime pas, mais ma
mère surveille. Je la regarde du coin de l'œil. Est-ce
qu'elle se rend compte que je ne suis pas seule à
trouver que c'est nul, un cheval à paillettes qui court
sur un T-shirt ?

Elle appelle mes deux sœurs pour qu'elles viennent
dire bonjour. Mes sœurs se tiennent collées l'une à
l'autre, leur cheval sur la poitrine, devant ma mère.
Ma mère est cachée derrière une écurie.

Ça ne rate pas ; mon parrain éclate de rire. Déjà
qu'il se moque sans arrêt, là, vraiment, c'est lui donner du grain à moudre, ma parole ! J'en veux à ma
mère quand je vois la tête de mes sœurs terrorisées.

Il se met à hurler :

— On a le tiercé dans l'ordre !

Alors là, je suis désolée, mais il a trop raison.
Normalement, je trouverais quelque chose à répli-
quer, mais là... rien. Je ne cherche même pas tellement
c'est vrai. Dans la course, les chevaux ont deux ans
d'écart et c'est tout. Ma mère encaisse ce qu'elle

63

prend comme une humiliation personnelle, alors que c'est nous qui sommes déguisées en tiercé.

Réunion garantie, ce soir en rentrant. Corinne soutiendra que mon parrain veut toujours les humilier maman et elle. Faudra que je leur dise que, la honte, on l'avait déjà avant. Le seul sujet sur lequel on n'arrive pas à se mettre d'accord en réunion, c'est lui.

À la place du stroboscope, il y a une lampe violette qui s'est allumée. C'est bizarre, ça aussi. On voit tout noir, mais ça fait ressortir le blanc, même ce qui est minuscule. La copine de ma tante a des pellicules. Plein de points blancs sur les épaules. Dégueulasse.

Georgette me fonce dessus les dents en avant. Elle me montre ses dents blanches. On s'amuse à courir partout le sourire crispé. On s'arrête sous le nez des grands avec nos dents blanches. Un type qu'on ne connaît pas répond à notre sourire. Ça ne marche pas du tout. Il a les dents toutes pourries, ma parole ! Pas une seule qui fait blanc dans la lumière. Georgette et moi, on le baptise « Chicots pourris ». Hi hi hi.

— Faut pas s'approcher de lui, a dit maman tout à l'heure !

Corinne nous rappelle à l'ordre. Ah oui. Dans le noir, je ne l'avais pas reconnu. On s'éloigne.

« Vous les femmes... Vous mon drame... » L'autre sœur de ma mère a changé la lumière et la musique. Elle a mis son disque préféré. Julio Iglésias. Elle a la pochette 33-tours collée à la joue. Elle danse avec la tête du chanteur. Elle chante avec lui. Tout le monde rigole. Elle l'embrasse. Chaque fois qu'il y a une chanson de « Julio », ça lui fait chaud et puis froid et puis chaud. Elle est toute « chalée ». Ça veut dire qu'elle est amoureuse. Elle demande à son copain de la faire danser. Ma tante met la pochette devant la tête de son copain, comme si elle dansait avec Julio Iglésias. Tout le monde rigole. Même lui rigole, alors que, on voit bien, ça le gonfle complètement de danser derrière la pochette. Il bouge sa tête dans tous les sens pour faire tomber Julio, mais ma tante lui remet la pochette. Il est obligé de danser comme ça.

Georgette est inquiète. Elle n'arrête pas de demander à maman si elle pourra manger du gâteau.

— On dirait que je ne te nourris pas ! elle lui répond fort, comme pour blaguer.

Quand elle a dit sa blague, ma mère regarde dans tous les sens pour voir si quelqu'un a entendu. Personne n'a entendu, tout le monde parle. Ça ne fait pas rire Georgette. Elle attend de savoir si elle pourra manger du gâteau.

À l'autre bout de la table, « Chicots pourris » s'approche d'une chaise. Ça l'intéresse, cette histoire.

À la troisième demande de ma sœur, ma mère répond enfin :

— Oui, tu pourras manger du gâteau, mais pas trop.

C'est le pédiatre qui a conseillé de faire attention à l'alimentation de Georgette. Quand les enfants sont gros, ça ne s'arrange pas en grandissant.

De l'avis général, elle est mignonne toute ronde. Corinne lui a dit :

— C'est mignon quand on est petit, mais c'est moche quand on est grand.

Moi, j'aimerais bien qu'il y ait du camembert. Je n'aime pas les gâteaux. Maintenant, je n'ai plus le droit de filer ma part à Geogeo. « Ce serait lui faire du mal. » C'est pas bien foutu quand même. Moi, je n'aime pas ça, je suis obligée d'en manger, par politesse, sinon ma mère fait les gros yeux ; Georgette ne peut pas en manger, même pas par politesse, sinon elle sera grosse en grandissant.

« Chicots pourris » franchit les deux chaises qui le séparaient encore de ma mère. Il l'invite à danser. Ma mère refuse. Il veut absolument danser.

— Sibylle !

Corinne me prévient que maman a besoin d'aide.

— Quoi ?

Ma mère est livide. Elle tente d'échapper à l'homme insistant. Nous accourons pour sauver notre mère.

— Tu la lâches ! je gueule à « Chicots pourris » qui est ivre.

J'ai parlé si fort que les grands s'arrêtent net de danser. Alors là, « Chicots pourris », tu ne sais pas où t'as mis les pieds, je pense, quand je vois que mon parrain a entendu. Il lâche les merguez.

— Oh, tête de con ? T'as envie de te faire démolir aujourd'hui ? il l'interpelle devant tout le monde figé.

— Laisse-le.

Ma marraine n'a pas envie qu'il le démolisse.

« Chicots pourris » est en train de débourrer très vite. S'il recule encore, il va s'aplatir contre le mur.

— File avant que je te botte le cul.

« Chicots pourris » s'avance pour attraper sa veste. Il tremble tellement qu'il en fait tomber la chaise.

— Va-t'en, champion ! lui gueule mon parrain,

tandis que l'homme détale comme un lapin sous les rires.

Mon oncle retourne à ses merguez comme si de rien n'était. La fête recommence.

Corinne est près de pleurer. Maman aussi.

— Ben, dis donc... C'est une brute, ce mec ?

Elle vient encore de soulever un lièvre, la copine aux cheveux dégueulasses.

— Tu sais, chez les Italiens, c'est normal... C'est le frère aîné.

Je regarde Corinne et Georgette restées près de maman.

— C'est le garde du corps de la mère et des trois petites. Leur père se tient à carreau à cause de lui.

Alors celle-là, elle est raide ! Cette bonne femme est aussi folle que l'autre. J'hésite une seconde avant d'aller lui filer un coup de pied dans le tibia. Je leur écraserai les pieds à toutes les deux !

— L'artiste ? Tu veux une merguez ? —

Mon parrain me tend une assiette de loin.

En allant chercher ma saucisse, je rentre mes deux bras à l'intérieur de mon T-shirt. Je le fais tourner autour de mon torse. Je mets le devant derrière. Je n'ai plus de cheval qui court devant moi. Il court derrière.

— Oh là là... Celle-ci, c'est bien ta filleule ! dit quelqu'un en voyant ça.

Tout le monde félicite mon parrain parce que, aujourd'hui, il a fait un effort : « Il a les mains propres. »

Il a les mains moins noires, je dirais plutôt.

— Ah bon ? C'est propre, ça ? je demande.

Je vois du noir un peu partout. Si je me lavais les mains comme lui, ça m'étonnerait qu'on me complimente.

— Ben ? Elles sont blanches, ses mains.

Personne ne veut voir que c'est tout sale.

— Et là, c'est quoi ? C'est pas du noir ?

Faut quand même pas me prendre pour une bille. Il ne s'est pas bien lavé les mains.

— Va te foutre les paluches dans le cambouis, et on verra de quelle couleur elles seront, il me dit, mon parrain.

Il me propose de travailler avec lui. J'aimerais bien, mais ma mère n'est pas d'accord.

Il est garagiste mécano. Il vit « la tête dans les moteurs et les mains dans le cambouis ».

— Ah là là, celle-ci, c'est bien ta filleule !

En plus, c'est ma marraine qui dit ça.

Tout le monde rigole, même lui.

J'aime bien qu'on dise que je lui ressemble. C'est pas vrai, mais je m'en fiche. Mon parrain, c'est mon préféré.

— Oh l'artiste ? Tu ne fais pas une bise à ton parrain ? il me gueule d'un coup comme s'il venait seulement d'arriver.

« L'artiste », c'est moi.

À moi, il dit « l'artiste », alors qu'il n'a jamais vu mes dessins. Il dit « l'artiste » parce qu'il trouve que je fais des conneries d'artiste. Les autres, il les appelle « Waglio », « les gamins » en italien. Même aux grands, il dit « Waglio ». Moi, c'est « l'artiste ».

Tout le monde danse. Lui ne danse que quand il y a un slow. Il invite ma marraine. « Il en est fou. » Ils ont eu cinq enfants, eh bien, ils s'aiment « comme au premier jour ».

Quand il y a la chanson « Che sei bella da morire », il lui chante tout fort. Il veut toujours l'embrasser. Ma marraine, ça la fait rire et, en même temps, elle dit « arrête » parce que ça la gêne un peu devant tout le monde.

Oui, ça se voit qu'il l'aime. Ma mère ne les lâche pas des yeux, quand il y a un slow.

Moi, je n'aime pas les slows. Dès qu'il y en a un, je file ailleurs, sinon ma mère m'attrape, et je dois danser avec elle. Tu parles, je m'en fiche de tourner en rond pendant toute la chanson avec ma mère. Quand il y a un slow, je préfère aller manger quelque chose ou faire un truc. J'attends une autre musique.

Si je suis loin, ma mère attrape Corinne ou Georgette. Je ne sais pas pourquoi elle doit toujours danser avec nous. C'est la seule adulte qui ne danse qu'avec des enfants.

— Va inviter maman à danser, me dit Corinne.

— T'as qu'à y aller, toi !

J'en ai marre d'être commandée.

— Moi, je l'ai déjà fait.

— Alors demande à Geogeo.

Georgette s'y colle.

Arrive un moment où je ne peux plus y couper.

— Regarde, elle est toute seule sur sa chaise !

Corinne, ça la fait presque pleurer.

— Bon, d'accord, je finis par dire. C'est pas la peine de chialer !

Après le slow, toutes les lumières s'éteignent, la musique s'arrête.

C'est fini, le slow. Je me suis farci le plus long. Ma mère me dit merci. Elle veut me faire une bise. Ça va comme ça.

Tout le monde chante « Jouayeux aaaannnivers-saiiiiire !!!!! » C'est le mari d'Angèle qui apporte le gâteau. Il est tout fier. Il se flanque en plein milieu du jardin. Il lui fout le gâteau plein de bougies sous le nez. Silence. Ma tante va souffler. Elle prend une inspiration comme si elle allait sauter d'un plongeoir. Quand elle souffle, son mari retire le gâteau, comme ça elle rate. Il regarde pour vérifier si ça fait rire mon parrain. Oui. Ça le fait un peu rigoler.

Il remet le gâteau sous le nez de ma tante. Elle recommence. Son mari lui retire encore le gâteau. Elle rate encore. Je me tourne vers Corinne, j'en étais sûre. Elle ne rit pas. Elle n'aime pas ce genre de blagues. Elle pince sa bouche. Je regarde Georgette. Elle fixe le gâteau. Elle en a marre d'attendre, elle voudrait bien en manger.

Moi, j'hésite. Je ne sais pas si c'est drôle ou non. J'attends...

Il y a un moment où je tranche. À la cinquième fois qu'il lui enlève le gâteau, je trouve ça énervant, moi aussi. Heureusement, l'autre sœur de ma mère les prévient. Si ça continue, on ne pourra pas manger le gâteau, les bougies auront dégouliné dessus.

Ça marche, cette fois ma tante peut inspirer fort pour une raison. Elle souffle sur les bougies. Ouais ! Elle a tout éteint d'un coup ! Ça applaudit.

Hein ? Quoi ? Mais qu'est-ce que c'est que ça ? Ce n'est pas mon anniversaire ?

Le mari de ma tante a une surprise pour moi !

— Sibylle ! Sibylle ! J'ai mieux qu'un gâteau ! il crie à travers le jardin.

Il est tout fier.

Oh là là ! Je suis bouche bée. Il y a pensé. Merci ! Merci !

Sur une grande assiette, il y en a un. Oui ! Il a mis un camembert ! Merci ! Merci ! Je jette un coup d'œil à ma mère. Elle sourit. Elle sait que je n'ai pas réclamé.

Il n'y a pas de bougie, mais c'est comme mon anniversaire tout à coup !

Le mari d'Angèle s'approche de moi, il me tend un couteau spécial fromage.

— Ta tante découpe son gâteau, tu n'as qu'à découper le tien !

Je suis intimidée devant tant d'honneur. J'ai de la chance. Même Angèle attend que je découpe mon camembert avant de commencer à découper son gâteau.

Sous l'œil attentif de l'assemblée, je plante mon couteau dans le camembert, qui couine.

Quoi ? Que se passe-t-il ? Il me faut me ridiculiser une deuxième fois pour comprendre l'affront qui m'est fait. Le camembert qu'on vient de m'apporter est en plastique. Il vient d'un magasin de farces et attrapes. Je suis la risée de l'assemblée. Je reste interdite, debout au milieu des adultes hilares. La copine de ma tante est décidément une vache ! Je lui écrabouillerai le pied tout à l'heure. Elle n'a jamais rien vu de plus drôle.

Je ne ris pas du tout. Mes sœurs non plus. Corinne vole à mon secours. Elle prend ma main pour m'éloigner. Merci, je ne savais pas comment réagir.

Ils sont tout mal à l'aise maintenant.

— Te vexe pas ! C'est une plaisanterie ! Tu vas manger du gâteau...

Chacun y va de sa réplique pour me calmer. Trop tard. Je les déteste. Plus moyen de me parler. Bande d'abrutis. Je ne veux plus les entendre. Je ne veux même plus les regarder. Il y en a un qui essaie de me toucher, j'enlève immédiatement mon bras.

Georgette aussi est venue à mon secours. Toutes les trois, on va se planquer dans un coin du jardin.

Au milieu de la confusion, la voix éraillée de mon parrain retentit.

— Dis, t'en as un vrai maintenant, à lui donner à la petite ?

Il prend ma défense.

L'autre ne répond pas. Non. Il n'en a pas. Il avait prévu sa blague, mais il n'avait pas prévu de faire plaisir.

La belle-mère de ma tante vient me voir. Elle me dit qu'elle doit avoir un petit bout de camembert dans son frigo. Est-ce que je le veux ? Non ! Non ! Je ne veux plus rien ! Foutez-moi la paix ! Rien à foutre de son bout de camembert. En plus, ça ne se met pas dans le frigo ! J'aime quand « il court tout seul ».

Ma mère arrive. C'est encore moi qui vais me faire engueuler, c'est réglé comme du papier à musique. Ça ne loupe pas. Elle me prend le bras.

— Maintenant, tu vas arrêter de faire la tête. Tu vas t'excuser, elle m'ordonne tout doucement à l'oreille.

— Quoi ? M'excuser ? C'est lui qui me donne un faux camembert ! C'est pas à moi de m'excuser ! je hurle.

72

— Sibylle, tu vas t'excuser.

— Non !

Ma mère va bientôt me chuchoter que nous réglerons nos comptes à la maison.

« Nous réglerons nos comptes à la maison » est la pire des choses que ma mère puisse dire. Heureusement, mon parrain s'en mêle. Ma mère me lâche le bras, mais reste juste à côté pour écouter. Mon parrain me dit que, la prochaine fois que je viendrai chez lui, il m'en achètera un, rien que pour moi. Personne d'autre ne pourra en manger.

— Tu m'en donneras un peu ? il me demande.

À lui, d'accord, j'en donnerai.

Il m'entraîne à travers le jardin. Ma mère ne nous suit pas. C'est mon parrain qui prend les commandes, ça ne se discute pas, qui qu'on soit.

— Viens, on va lui régler son compte, à ce charlot, il me dit.

Grâce à mon parrain, je me suis bien amusée. On a traité le mari de ma tante de charlot chaque fois qu'il passait. À la place du camembert, mon parrain m'a donné des merguez. Il a dit que je n'étais pas obligée de manger du gâteau ni de haricots. Lui non plus d'ailleurs.

J'ai regardé ma mère du coin de l'œil. Il a dit :

— Regarde pas ta mère. C'est moi qui te parle.

Ça non plus, ça ne se discute pas.

Je n'ai plus regardé ma mère. Je savais qu'elle ne dirait rien. Quand c'est mon parrain, c'est « une autre paire de manches ».

Je suis restée avec lui toute la soirée. On s'est promenés un peu partout au milieu de ceux qui dansaient. J'ai pu écraser les pieds des deux copines. Je n'ai pas dit que je l'avais fait exprès. Mon parrain leur a dit qu'il fallait pas laisser traîner les pinceaux, « Berthe aux grands pieds ». Super-marrant.

Une fois rentrée à la maison, maman m'a prévenue : même chez son frère, je ne dois pas me jeter sur le camembert.

— Mais si c'est lui qui me force ?

Ça a fait éclater de rire Georgette.

Du coup, c'est tombé sur elle. Elle a mangé trop de gâteau.

— Mais t'as pas dit stop !

Ça m'a fait éclater de rire.

Quand j'irai chez mon parrain, il me proposera du camembert. Je regarderai ma mère. Il dira : « Regarde pas ta mère ! » Je ne la regarderai plus, je mangerai le camembert. Je ne mangerai pas de haricots.

J'ai pris ce livre à la Condition des soies. Ma grande sœur a voulu qu'on s'inscrive à la même bibliothèque que sa copine Jââcinthe. Il faut dire « Jââcinthe » parce que ce n'est pas le nom de la fleur. Sa mère l'a appelée Jââcinthe en « dépit du fait qu'elle tient cette fleur en horreur ». Elle l'a appelée comme ça, à cause d'une religieuse. « Oui, mademoiselle. » Jacinthe était une religieuse du XVe siècle. Elle appartenait à une illlllustre famille d'Italie.

Ah bon ? Première nouvelle. Je vais demander à ma grand-mère si en Italie il y a d'illustres familles. Le père de la religieuse se nommait Miscotti. Il était comte de Vignanello.

Jamais entendu parler. Bon, après, je ne me rappelle plus dans l'ordre tout ce qu'elle m'a raconté sur son voile et son monastère de Saint-François, mais elle m'a bien fait comprendre qu'il fallait respecter le prénom de sa fille, parce que cette Jacinthe a fondé deux associations au XVe siècle. L'une recueillait des aumônes pour les pauvres honteux et les prisonniers, l'autre foutait les vieillards et les infirmes dans des hôpitaux.

Ah bon ? Elle trouvait ça bien ? Moi, je me demande si ça ferait plaisir à mon papi d'aller dans une maison de vieux ! À mon avis, sa Jââcinthe, non seulement personne s'en souvient, mais en plus je suis sûre que ça plairait pas à mon papi ni à ma voisine handicapée des jambes, d'aller dans son machin.

— Vouââlààà, elle a conclu, le nez en l'air, la mère de Jââcinthe.

— Et ton fils, tu l'as appelé Prosper à cause du roi du pain d'épice mort au XVIe ? j'ai failli lui demander.

J'ai eu la chanson du pain d'épice dans la tête toute la journée. « Youp là boum, c'est le roi du pain d'épice ».

— La Condition des soies, c'est mieux que la bibliothèque de la Croix-Rousse, a dit ma sœur.

— Pourquoi ? Pourquoi on doit aller à la Condition des soies qui est plus loin que la bibliothèque de la Croix-Rousse ?

— Parce qu'il y a plus de livres, elle a dit.

Moi, j'aimerais bien savoir s'il ne reste pas des livres qu'elle n'a pas lus à la bibliothèque de la Croix-Rousse !

Elle a lu tous ceux qui l'intéressaient.

— Comment tu peux le savoir si tu n'as pas lu les autres ?

Elle continue :

— La Croix-Rousse est une bibliothèque pour les enfants.

Je ne vois toujours pas le problème.

Le problème m'est expliqué très rapidement. Elle veut lire de la littttératttture ! Elle veut lire Chateaubriand. À douze ans, elle veut lire Proust. Elle veut lire Stendhal. Depuis qu'elle a lu *Le Rouge et le Noir*, celle-là... Elle dit « Stendhal » toutes les cinq minutes. Elle trouve madame de Rênâââl géniale. Avec sa copine du XVe siècle, elle cite plein d'écrivains dont j'ai jamais entendu parler. Ma sœur est devenue bizarre depuis qu'elle est entrée au collège. Elle disait déjà pas de gros mots avant, mais là, en plus, on n'a même pas le droit d'en dire devant elle ! Je me demande si elle ne ferait pas un peu son numéro, avec sa copine qui parle en accent circonflexe. Georgette et moi, on ne l'aime pas beaucoup, la religieuse.

Corinne trouve que ses parents sont super. Sa mère est prof de français.

— C'est normal, tu sais, que Jacinthe aime les livres. C'est normal qu'elle aime parler de littérature, m'explique ma sœur aînée.

Elle ne parvient pas à me convaincre, moi qui porte un prénom en « dépit de » rien du tout. Un prénom pour rien. C'est celui-ci, mais ça aurait pu tomber sur un autre. Il fallait bien qu'on puisse m'appeler. Sibylle, viens ici, je vais te faire des tresses. Je sais que je vais être coiffée n'importe comment.

Non, la religieuse a un sens. Sa mère lui a donné le goût des bonnes choses.

— Et toi ? Maman est comptable, c'est pas pour ça que tu comptes toute la journée, je lui balance.

Ça, elle ne répond pas. Les maths, c'est un mauvais sujet avec elle. Elle n'y comprend rien. Même maman n'ose pas lui en parler.

Elle trouve aussi que son père est super. Il est

avocat. Il défend les gens. Chez eux aussi, c'est super. Il y a des tableaux accrochés aux murs.

C'est toujours mieux chez les autres. Si, moi, j'accrochais un seul de mes tableaux, elle hurlerait. Eux, c'est différent... Eux... Ils ont des tâââbleaux de maîtres...

Elle secoue la tête.

Elle pense que j'aurais pu choisir un autre livre. Elle commence à me gonfler sérieusement, celle-là ! Je m'énerve.

— La ferme ! C'était déjà pas facile de trouver quelque chose dans ta bibliothèque pour mémères ! Alors tu la fermes ! Sinon, moi je vais dire à maman qu'il n'y a pas de livres pour les enfants dans ta bibliothèque, et je serai plus obligée d'y aller !

Elle s'écrase parce qu'elle n'ira plus si je ne l'accompagne pas. Ma sœur ne va jamais nulle part toute seule. Je dois toujours l'accompagner. Alors, merci bien !

Je me tourne vers le mur avec mon livre. C'est un livre pour apprendre à dessiner les mains. Je dessine plutôt bien, tout le monde est d'accord là-dessus. Sauf que, moi, je sais que mes bonshommes et mes bonnes femmes ont toujours les mains dans le dos, ou des fleurs qui les cachent, sinon on verrait des plumeaux à la place. Je ne sais pas dessiner les mains.

— Je lis ce que je veux.

Je n'ai plus envie de parler avec elle.

Elle se radoucit parce qu'elle voit que j'ai la rage.

— C'est bien de dessiner. Mais tu as le droit de prendre trois livres à la fois : un livre sur les mains et des livres de littérature.

— Dégage ! va dans ta chambre ! Va parler avec ta copine ! je lui dis.

Je n'ai plus envie de l'écouter.

Qu'est-ce que je foutrais avec trois livres ? Hein ? Elle peut m'expliquer, madame je-t'apprends-que-t'es-une-idiote ?

— Je lis un livre avec un œil ? Un livre avec l'autre ? Et le troisième ? Je le lis avec mes fesses ?

Elle retourne dans sa chambre. Elle déplôôôre que je parle comme un charretier. Oui, ben elle, elle parle d'une façon que j'ai de plus en plus de mal à supporter !

— Tu me soûles !

Elle est vexée, moi aussi.

Elle se tient en silence dans sa moitié de chambre. Elle relit sûrement un passage de mââdââme de Rênââl, alors qu'elle ferait mieux de revoir son livre de catéchisme, parce que demain elle fait sa communion solennelle. Elle connaît que dalle au Nouveau Testament.

La porte d'entrée claque.

Maman revient du marché avec Georgette.

Corinne repasse dans ma chambre comme si je n'y étais pas. M'en fous.

Je dessine une main crispée. C'est pas facile, les phalanges. En plus, mes crayons sont nuls. Avec du fusain, ce serait plus simple.

J'en ai, du fusain, mais je l'ai oublié chez Angèle. Je n'ai qu'un crayon à papier HB. Les H2B, c'est mieux. Mon H2B aussi est chez Angèle, dans ma trousse avec mon fusain.

Georgette pose un sac en plastique sur ma table.

C'est maman qui m'a rapporté « une bricole » du marché : deux boîtes de très longues allumettes.

— Merci maman ! je lance de ma chambre.

— Je me suis dit que t'en ferais sûrement quelque chose ! Ça va mieux, ton œil...

Je regarde les allumettes. C'est vrai qu'elles sont jolies. Oh, mais purée ! Tant que j'y pense, quand ça brûle, les allumettes, ça fait du charbon ! Ça fait du fusain !

J'ai cramé toutes les allumettes. Des boulettes noires tombaient sur mes feuilles. Ça a troué le papier à force. Ça n'a pas fait de fusain. Je me suis donné du mal. J'ai dessiné pendant deux heures pour rien. Quand maman et Georgette me demanderont de leur montrer le résultat, elles verront des catastrophes.

J'ai froissé toutes mes feuilles, écrabouillé toutes mes mains. Je ne pouvais pas laisser de trace de ces horreurs. La bibliothèque de la Condition des soies est minable. Ce livre est inefficace. Il s'appelle « Dessiner facile ». C'est un mensonge. J'ai essayé, ça ne marche pas.

J'ai fait une maisonnette avec le reste des allumettes que maman m'a rapportées.

Le téléphone sonne alors que mamie a déjà appelé ce matin. Angèle a appelé plus tard, mais dans les horaires. Ce n'est pas une heure à laquelle le téléphone devrait sonner ! Ma mère pourrait décrocher de sa chambre. Non. Elle va dans la cuisine. Si elle ne décroche pas dans sa chambre, c'est qu'elle n'a pas envie qu'on entende la conversation ! La cloison entre sa chambre et la nôtre est trop mince. Elle décroche dans la pièce séparée de notre chambre par le couloir. Alerte ! Alerte !

L'Oreille en coin se met en marche : Corinne a sorti ses antennes. Elle se lève. Elle va aux renseignements. Pour se rendre à la cuisine, elle passe par notre territoire. Elle nous regarde, Georgette et moi.

C'est bon. Nous sommes aussi en état d'alerte. La sonnerie ne nous a pas échappé. Quelque chose va se tramer dans notre dos. L'Oreille en coin prend son poste. En éclaireur, elle ouvre le passage.

Troupe en place, nous progressons prudemment jusque vers la cuisine.

Comme prévu, les autorités ont fermé la porte. Ça chuchote à tout-va là-dedans.

Les autorités semblent en pleine négociation. L'objet des négociations : nous.

Avec qui sommes-nous négociées de façon si secrète ?

L'heure est grave. La troupe est tendue. À quelle sauce allons-nous être mangées ? Les autorités ne doivent pas mollir. L'Oreille en coin, d'un mouvement de bouche et de tête, nous signifie que nos soupçons sont fondés.

Le ton n'est pas monté. Nous avons capté quelques bribes : « Elles vont très bien », « Communion de la grande ».

Aucun doute. Certitude absolue, « Il » et elle parlent ensemble.

Nous sommes au cœur du conflit.

Ça raccroche. Les autorités semblent avoir gagné

cette partie. Notre bataillon doit se retirer très rapidement. Les autorités vont sortir d'une seconde à l'autre. Pointe des pieds ! À vos marques ! Dégagez ! Dans la plus grande confusion, nous nous retirons dans nos quartiers. Réunion dans la foulée.

Les autorités sortent de la cuisine. Elles savent que l'Oreille en coin a entendu.

— Les filles, quand on étend le linge, on met pas les pinces sur les cols de chemise, nous réprimande maman avant de se mettre à siffloter.

Les autorités sont en crise, le peuple trinque.

Notre réunion me conforte dans mes pressentiments.

— Elle fait du repassage en sifflant !

Maman siffle, comme si tout allait bien. Ça veut dire que tout va mal.

— Vous avez remarqué ? Quand Angèle ou mamie appellent, elle ne siffle jamais après ! C'est quand « Il » téléphone qu'elle siffle ! Pour qu'elle siffle comme ça, c'est qu'il y a un gros problème. « Il » a appelé.

— Maman n'a pas envie qu'on lui pose de question.

— Pourquoi ?

— Trop dangereux. Elle a peur.

— Pourquoi ?

— À ton avis ?

— Elle a peur qu'on se fasse kidnapper ?

— ...

— Est-ce qu'« Il » va venir à la communion ?

— Impossible, mon parrain vient.

C'est pas ma faute ! C'est pas ma faute ! C'est toujours sur moi que ça tombe ! J'en ai marre de me faire engueuler ! Je ne savais pas ! Pourquoi elle les a mises dans un sac en plastique Mammouth ? Les sacs en plastique Mammouth, normalement, c'est des poubelles. Maman avait posé le sac juste devant la porte d'entrée. Quand elle pose un sac dans l'entrée, c'est « direction poubelle », d'habitude. Elle me reproche toujours de ne pas aider de mon « propre chef ». Pour une fois que j'avais une bonne intention, je me fais quand même engueuler.

— Je les ai quand ? elle a demandé à Corinne quand elle est rentrée du travail l'autre soir.
— C'est Sibylle qui les a descendues.
— Sibylle, je les ai quand ?
— Quoi ?
— Mes godasses.
— Quelles godasses ?
Je n'avais pas vu de chaussures. Ma mère s'est énervée instantanément.
— Celles qui étaient à l'entrée !

Oh purée, j'ai eu un doute...

— Dans le sac Mammouth ?

— Oui.

J'ai baissé la tête, j'avais fait une bêtise. L'Oreille en coin aussi a compris. Elle s'est ramenée dans ma partie de chambre pour connaître la réponse.

J'ai dû leur annoncer que le sac avait fini dans une des grosses poubelles de l'immeuble.

— Je l'ai jeté.

— Quoi ?

Ma mère n'en revenait pas.

— Je l'ai mis à la poubelle.

— T'es malade ? Il y avait toutes mes chaussures dedans !

Corinne a secoué la tête en signe d'accablement.

Ma mère allait tomber à la renverse.

Dans le sac en plastique, il y avait ses bottes, ses chaussures de travail préférées, et surtout il y avait les chaussures qu'elle s'était achetées pour la communion de Corinne. Les chaussures trop neuves lui cisaillaient le talon. Elle voulait que le cordonnier les détende.

— Tu ne descends jamais les poubelles ! Pourquoi tu as descendu celle-ci ?

— Pour faire plaisir...

— Quand tu veux faire plaisir, c'est réussi !

Maman avait les larmes aux yeux.

— Il y avait mes chaussures neuves...

Elle est restée plantée devant moi. Elle cherchait une solution. Elle ne pouvait pas admettre que ses chaussures étaient parties à la déchetterie.

— T'as qu'à en acheter d'autres ?

J'ai perdu « une occasion de me taire ». Ma mère a failli me foutre une claque.

— Et sous quel caillou se trouve l'argent, s'il te plaît ?

Je n'ai plus rien dit.

— Tu descends aux poubelles, on ne sait jamais.

Je suis descendue fouiller dans les poubelles de l'immeuble. Je savais très bien que je ne retrouverais pas le sac en plastique. Les camions passent tous les matins à huit heures. Parfois plus tôt. Il m'arrive de les croiser quand je vais à l'école. Il n'y avait aucune raison pour que les camions ne soient pas passés. Je suis descendue avec la conviction de ne rien retrouver. Je n'ai rien retrouvé. J'ai quand même ouvert chaque poubelle. J'ai quand même vérifié que le sac n'était pas resté collé au fond d'un des grands bacs malgré la violence avec laquelle les camions les retournent pour les vider. Même une peau de banane écrasée n'y résisterait pas.

Je suis remontée désemparée. Nous n'avons plus reparlé des chaussures de toute la semaine. Je n'osais même plus évoquer la communion de Corinne. Maman allait y aller sans chaussures.

Ce matin, l'épisode « chaussures dans le sac en plastique Mammouth » est revenu sur le tapis.

— Sibylle, tu vas chez Angèle, tu me ra-ppor-tes les chau-ssures.

Elle détachait chaque syllabe pour que je comprenne bien qu'il ne fallait pas les jeter. Maman ne s'était pas acheté de nouvelles chaussures. Angèle lui prêtait les siennes pour la communion.

— Mais je ne peux pas ! J'ai rendez-vous avec le père Clément du Val-de-Guéville !

Ma mère n'a rien voulu entendre. Corinne devait se préparer pour sa profession de foi. Georgette était trop petite pour y aller seule. J'ai couru en montée jusque chez ma tante. Elle m'a donné les chaussures pour ma mère.

— T'as pas les pieds plus petits que maman ?

Angèle a soupiré.

— Apporte ça à ta mère.

J'ai couru en descente. J'ai grimpé les cinq étages en quatrième vitesse. J'ai donné le sac de chaussures à maman. J'ai repris la rue des Chartreux en courant jusqu'à l'église Saint-Bruno.

Je me suis signée à la va-vite. Je n'ai pas le droit de courir dans l'église. Je me déhanche complètement pour faire passer mes guibolles plus rapidement l'une devant l'autre. J'avais rendez-vous il y a quinze minutes avec le père Clément du Val-de-Guéville à la sacristie. Elle me paraît immense aujourd'hui, cette église ! Je passe devant la chapelle des fonts baptismaux, devant la chapelle Saint-Pierre, la chapelle Saint-François-Régis... Devant les douze petites chapelles. Vite. Je suis devant la porte de la sacristie.

— Bonjour, mon père, je dis, essoufflée en entrant dans la sacristie.

— Bonjour, mon enfant.

Il ne me fait pas de reproche. Il sait que j'ai tout fait pour arriver à l'heure ; je suis en sueur, mes poumons vont me sortir par la bouche ou les narines.

Je suis enfant de chœur depuis deux ans au côté

du père Clément du Val-de-Guéville. Je suis la seule fille volontaire. C'est moi qui ai demandé. Le père Clément du Val-de-Guéville a dit qu'il en était ravi, le Seigneur aussi. Ça plaisait à tout le monde, sauf à Georgette et Corinne. Georgette doit venir faire enfant de chœur de temps en temps depuis que j'ai demandé.

— C'est une très bonne initiative qu'a eue votre sœur. Vous pouvez en profiter par la même occasion, a dit ma mère.

— On va déjà au caté et à la messe pour Pâques, pour Noël, pour chaque baptême, chaque mariage, chaque communion ! Pourquoi on irait pour rien ? a demandé Georgette.

— Pour vous, a répondu ma mère.

— Tu veux aller au Paradis ? j'ai demandé à Georgette.

— Oui.

— Pour aller au Paradis, faut d'abord aller à la messe.

Le problème a été réglé. On va à la messe toutes les trois régulièrement. Georgette et moi faisons enfants de chœur, Corinne a négocié longuement. Elle ne fait pas enfant de chœur, elle suit les prières de la nef.

Elle est belle, la sacristie. Les murs sont recouverts de noyer. Même le sol est en noyer. Je saute dans mon aube. Mon père surveille. Depuis peu, il n'a plus besoin de m'aider. Je sais mettre le cordon autour de ma taille en un tour de main. Il doit seulement passer la croix autour de mon cou. Mon aube a une capuche.

Je n'arrive jamais à glisser la cordelette de la grosse croix dessous.

Mon père a enfilé sa chasuble rapidement. Il finira plus tard.

— Nous allons préparer l'autel, il me dit.

Alors ça, c'est un honneur ! Dieu sait si j'ai aidé à l'église Saint-Bruno. C'est même moi qui ai sonné les cloches ces derniers dimanches matin. Mais je n'ai jamais eu le droit d'aider à préparer l'autel.

Le père Clément du Val-de-Guéville me tend un petit plateau d'argent ciselé qui porte une minuscule cruche de vin rouge. C'est le sang du Christ. Il en boira tout à l'heure quand il aura mangé de son *corps*.

Nous nous sommes déplacés dans l'église comme si nous étions chez nous.

Il m'a montré la table de l'autel. Il a ouvert la porte dorée sur la partie haute. Ça faisait comme un coffre-fort. Chaque dimanche, il en sort les hosties pour les fidèles et la grosse hostie pour lui. C'est son trésor.

Il m'a fait signe d'approcher. Je suis passée derrière la table ! J'étais dans le lieu sacré du sacré. C'est moi qui ai mis les hosties dans la boîte ! Il a refermé la porte dorée. Il a passé sa main sur ma tête. J'ai été à la hauteur.

Nous étions dans le tabernacle. Pour la première fois, je voyais le transept en entier.

— C'est beau, non ?

— Oh oui, mon père.

— Viens.

— Tu vois là ? C'est le ciel mouvementé.

Au-dessus du baldaquin, une masse de marbre de laquelle des angelots semblaient surgir. Je n'avais jamais vu ça !

— Le ciel entoure la terre. Tu distingues le globe doré ?

— Oui, mon père.

— C'est la terre. Elle est surmontée d'une croix. C'est le symbole des chartreux. Les chartreux. C'est la rue juste à côté de chez moi que je viens de monter, descendre et remonter en courant.

— Il est écrit : *La croix demeure tandis que tourne le monde.*

La maison de Dieu était prête. Nos invités commençaient à arriver.

Deux catéchèses sous pression nous ont rejoints. L'une conduit les communiants à leur place, l'autre nous distribue des textes. Chaque enfant de chœur lira un extrait pendant la cérémonie.

Oh, ça me fout le trac. Je déchiffre les phrases très vite. J'essaie d'en repérer les pièges. Je ne veux pas buter sur les mots devant tout le monde.

— Les chaussures sont trop petites, me lance Corinne dès qu'elle arrive.

— Comment elle va faire ?

— Tu vois, toi avec tes conneries !

Ma sœur n'écoute rien de ce que lui dit sa catéchèse. Elle garde les yeux rivés sur moi. L'affaire des chaussures la tracasse.

J'aperçois quelques membres de ma famille. Papi. Mamie. Mes oncles et tantes. Et ma mère ?

Maman ne peut pas venir parce qu'elle n'a pas de chaussures.

Des centaines de parents ont pris place dans la nef.

Je jette un coup d'œil à ma sœur aînée, qui me fait face de l'autre côté du chœur. Elle s'en fiche de la communion maintenant. Elle est énervée contre moi à cause du sac en plastique.

Le père Clément du Val-de-Guéville a revêtu son vêtement de représentant de Dieu. Tout y est : le voile de calice, la bourse, le portefeuille... Sa chasuble et son étole... sont si belles. Il se tient debout, magnifique, sous le baldaquin. Il règle son micro. Les orgues commencent à jouer. Je tourne la tête. Où est ma mère ? Corinne est près de pleurer.

Debout derrière la table de l'autel, le prêtre ouvre les mains. Il invite les fidèles à s'asseoir sur les longs bancs. La cérémonie commence sans ma mère, sans Georgette.

Corinne a l'air d'une mariée contrainte, maintenant, dans sa robe blanche. Elle cherche maman des yeux elle aussi.

— En participant à l'Eucharistie, les chrétiens se réunissent pour revivre ensemble le dernier repas du Christ et le don qu'il a fait de sa vie en signe du plus grand amour : *Il n'y a pas de plus grand amour que de donner sa vie pour ceux que l'on aime* (Jean XV, 13).

La voix du père Clément du Val-de-Guéville résonne dans l'église.

La porte de l'église s'ouvre enfin sur ma mère et Georgette. Je regarde Corinne. Je lui souris. Elle peut se détendre. Elle a bien fait de faire sa deuxième communion.

Maman n'a pas pu enfiler les chaussures d'Angèle. Elle a mis ses chaussures qui datent de « Mathusalem ». Des chaussures si vieilles qu'elles bâillent des deux côtés. Maman ne marche pas tellement droit, on voit, à cause des talons usés en biais.

Je n'ose pas regarder Corinne...

Maman et Georgette prennent place aux côtés de papi et de mamie dans la nef. Je ne sais pas ce qu'il s'est passé depuis que je suis partie, mais ça n'a pas dû être de tout repos, c'est écrit sur le visage de ma mère. Georgette me fait des appels de phares avec ses yeux. Je comprends : ça a bardé.

Je lui montre discrètement la feuille que je tiens à la main. Je dois lire un texte au micro. Georgette se mord la lèvre inférieure, pourvu que je ne m'illustre pas une nouvelle fois par une catastrophe. Maman ne peut rien encaisser de plus.

La cérémonie se déroule normalement. Corinne a l'air de se détendre lentement. Je n'ai pas cessé de lire et relire mon texte. Les premières communions ont eu lieu. Les fidèles se sont levés, assis, levés, assis, au rythme des prières du père Clément du Val-de-Guéville. Madame Pothiers, une des deux catéchèses, me fait signe. C'est à moi d'aller au micro. J'ai le cœur qui bat. Les orgues se taisent lentement. Je vois toute la nef. Les femmes portent des chapeaux de couleur. Des enfants agités se font remettre en place à voix basse. Ma famille au complet se tient sur trois rangées. Maman me fixe, le visage sévère.

La pilule passe mal. Je tourne la tête vers ma grande sœur. Oui, c'est bien ce que je pensais, elle a la même expression que maman.

Je lis lentement. Ma voix est amplifiée par le micro. Ils écoutent.

Quand je finis, je replie mon papier. Georgette est rouge de plaisir. Ouf. Maman affiche un visage moins austère. Ouf, ouf. Je vérifie auprès de Corinne, ouf, ouf, ouf...

Je ne reprendrai ma place dans le chœur qu'une fois l'invitation à la prière faite.

— Veuillez vous lever, demande le père Clément du Val-de-Guéville.

La cérémonie continue. C'est réussi.

« Le pain fortifie le corps de l'homme pour que l'huile fasse briller son visage.

» Fortifie donc ton corps en prenant ce pain comme un pain spirituel et fais briller le visage de ton âme. Puisses-tu, reflétant à visage découvert dans la pureté de ta conscience la gloire du Seigneur, aller de gloire en gloire en Jésus-Christ notre Seigneur à qui appartient honneur, puissance et gloire dans les siècles des siècles. Ainsi soit-il ! »

Ça y est ! Corinne a fait sa deuxième communion.

Le père Clément du Val-de-Guéville a ouvert la porte dorée. Il a mangé du *corps* du Christ. Il a versé du vin dans la coupe. Il a donné du *corps* aux communiants.

Une fois le Christ bu et avalé, le représentant de Dieu invite les fidèles à venir communier.

Il prend un gros livre. Il lit.

— Saint Paul écrit aux communautés de Corinthe et d'Éphèse :

« De même, en effet, que le corps est un, tout en ayant plusieurs membres, et que tous les membres du corps, en dépit de leur pluralité, ne forment qu'un seul corps, ainsi en est-il du Christ. Aussi bien est-ce en un seul Esprit que nous tous avons été baptisés en un seul corps, Juifs ou Grecs, esclaves ou hommes libres, et tous nous avons été abreuvés d'un seul Esprit.

» Aussi bien le corps n'est-il pas un seul membre, mais plusieurs. (...) L'œil ne peut donc dire à la main : Je n'ai pas besoin de toi, ni la tête à son tour dire aux pieds : Je n'ai pas besoin de vous. Bien plus, les membres du corps qui sont tenus pour plus faibles sont nécessaires ; et ceux que nous tenons pour moins honorables du corps sont ceux-là même que nous entourons de plus d'honneur, et ce que nous avons d'indécent, on le traite avec le plus de décence ; ce que nous avons de décent n'en a pas besoin. Mais Dieu a disposé le corps de manière à donner davantage d'honneur à ce qui en manque, pour qu'il n'y ait point de division dans ce corps, mais qu'au contraire les membres se témoignent une mutuelle sollicitude. Un membre souffre-t-il ? tous les membres souffrent avec lui. Un membre est-il à l'honneur ? tous les membres se réjouissent avec lui.

» Or vous êtes, vous, le corps du Christ, et membres chacun pour sa part ». (Corinthiens, XII, 12-27).

Les fidèles avancent en file indienne dans l'allée centrale face au père Clément du Val-de-Guéville.

— *Corps* du Christ, il dit en levant l'hostie vers le ciel.

Il dépose l'hostie dans les mains que chacun a pris soin de mettre en petit berceau.

— Amen.

Les orgues jouent pendant la distribution du *corps* du Christ en rondelles. Je vois ma famille défiler. Ma grand-mère. Mon grand-père. Mes tantes. Mon parrain. Il est élégant dans son costume noir à rayures blanches. Même lui fait la queue. Normalement, il ne ferait pas la queue, mais, pour le *corps* du Christ, oui.

Je ne peux m'empêcher de regarder ma mère à cet instant précis. Ma mère est restée à sa place. Ma mère est seule dans sa rangée au côté de Georgette. Ma mère se tient debout, elle regarde les autres communier.

Si ma mère n'a pas le droit de communier, c'est pour une raison différente de celle de Georgette qui n'a pas encore fait sa première communion.

Si ma mère est la seule adulte de cette église à ne pas communier, ce n'est pas parce qu'elle porte de vilaines godasses ; c'est qu'elle n'a plus le droit de manger le *corps* du Christ. Ma mère n'a pas droit à une hostie. Elle a divorcé. Elle est excommuniée. Voilà que je prends conscience de l'injustice dont un *membre* de ma famille est victime en plein dans la maison du bon Dieu ! Voilà que je me révolte tout à coup. J'ai dix ans, et je n'aime pas qu'on foute ma mère sur le banc des accusés. Il n'y en a pas d'autres dans cette assistance qui mériteraient moins que ma mère ? Que vient de lire le Père Clément du Val-de-Guéville ? Ma mère vaut-elle moins qu'une esclave aux yeux du Christ ? Ma mère n'est-elle pas un *membre* du corps comme les autres ? Elle ne vaut pas un œil ? Pas une oreille ? « *Un membre souffre-t-il ? tous les membres souffrent avec lui* ? » Ma mère souffre ! Ne le voit-il pas ? Mon père, n'abandonnez pas ma mère ! Souffrez ! Mon père ! Relisez ce que vous avez lu, ma parole ! j'ai envie de lui gueuler d'un coup, à lui, à qui non seulement il ne manque pas les belles godasses, mais qui est déguisé en sapin de Noël ! Mon père, ne devenez pas le bourreau de ma mère, vous qui parlez d'amour. Sauvez ma mère, nom de Dieu ! Elle avait juré devant Dieu : pour le meilleur et pour le pire. Le pire a eu lieu trop souvent, mon père ! Je vous en prie, laissez votre vin divin et regardez ma mère !

Mon père ne m'entend pas. Mes prières muettes ne l'atteignent pas. Ma mère est une pécheresse aux yeux du monde et des cieux. Elle est parjure devant Dieu. L'Église ne veut plus d'elle parmi ses fidèles. Elle n'a pas le droit de venir communier.

J'ai jeté mon aube dans la sacristie. Je viendrai en avance dimanche prochain. J'en parlerai avec le père Clément du Val-de-Guéville. Je lui demanderai ce qui se passe avec ma mère. S'il me confirme qu'elle vaut moins qu'une esclave, je ne reviendrai plus jamais.

— T'as vu que ma mère est excommuniée ? j'ai demandé à Angèle.
— Oui.
Elle s'en fichait complètement.

— T'as vu pour ma mère ? j'ai demandé à mon parrain.

— Ses pompes ?

— Non, elle a pas le droit de manger des hosties !

— Et alors, qu'est-ce que ça peut lui foutre ? Ça colle aux dents.

Tout le monde avait l'air de trouver normal que ma mère ne mange pas du *corps* du Christ.

— Ce qui est moins normal, c'est qu'elle porte de vieilles tatannes le jour de la communion ! m'a sorti mon autre tante.

Ma mère a passé la journée à raconter l'histoire du sac en plastique Mammouth. On aurait dit que c'était à cause de moi qu'elle n'était pas comme les autres. Tout le monde regardait ses pieds.

— Comment tu vas faire ?

Mes tantes comparaient leurs pieds avec ceux de ma mère. L'une d'elles a proposé de lui donner des chaussures offertes par son mari.

— T'as vu les panards qu'elles ont, les vieilles ? m'a fait remarquer mon parrain.

Je suis revenue à l'église en avance la semaine suivante. Même si ma mère avait de nouvelles chaussures, ma colère s'était à peine dissipée. Tout le monde était en colère contre moi, j'étais en colère contre mon père.

Le père Clément du Val-de-Guéville m'a expliqué beaucoup de choses. Il m'a parlé d'amour, d'amour devant Dieu. Je lui ai dit que j'avais pensé du mal de lui et aussi de Dieu. Il a dit que j'étais pardonnée.

— Mais ma mère, mon père ? j'ai demandé.

Il était embarrassé. S'il avait pu faire quelque chose, il l'aurait fait.

— Je ne peux que respecter les Écritures...

— Mais c'est dans les Écritures, l'œil, l'oreille et tous les gens qui sont le corps ?

Il ne savait plus comment m'expliquer. Il m'a caressé la tête.

— Tu es tourmentée, ma petite Sibylle.

Mais qu'est-ce qu'ils avaient à tout me mettre sur le dos ?

Je n'ai plus jamais été enfant de chœur.

— Toute façon, je m'en fichais, de la messe. J'y allais pour les vitraux et la musique, j'ai confié à Georgette.

— T'y vas aussi pour le curé.

— D'abord, il s'appelle le père, pas le curé !

— Oui, ben, lui aussi, t'as envie de le voir !

J'ai accepté de faire ma deuxième communion. Pour faire plaisir à ma famille.

— Pourquoi tu vas à l'église s'ils ne t'aiment pas ? j'ai demandé à maman.

— T'occupe.

— Pourquoi tu donnes de l'argent à la quête si t'as pas de sous ?

— T'occupe.

— Mon père n'est pas gentil.

Ma mère en avait marre de mes questions. Elle trouvait que j'accordais de l'attention à des choses de « peu d'importance ». J'étais énervée avec l'hostie, ça ne lui paraissait pas le pire. Manger ou ne pas manger l'hostie, c'était un détail.

— Mais, t'as entendu ce qu'il a lu ?

— J'aurais préféré avoir mes godasses pour la cérémonie.

Ma mère a continué d'aimer un dieu qui ne l'aimait plus.

Nous sommes assises dans le car parce que nous partons en colonie de vacances. Je voulais qu'on s'assoie à l'arrière, Corinne a refusé.

Ma grande sœur pleure en silence. Je ne sais pas comment elle se débrouille pour pleurer si longtemps. Elle trouve que c'est horrible de partir en colonie, comme les enfants abandonnés. Même si c'est pour une vraie raison : une nouvelle chambre. Maman a versé un acompte pour les travaux. Elle nous a montré les plans. Elle va faire mettre des croisillons au-dessus du demi-mur. Corinne aura sa chambre. Geo-geo et moi, on n'aura pas de fenêtre, mais on aura de la lumière grâce aux croisillons. On a choisi une jolie tapisserie ! Tout sera prêt pour notre retour.

Nous partons en Vendée, à Pornic.

Georgette aide ma grande sœur à pleurer, ça se voit. Elle pleure avec sa bouche, mais ses yeux ne pleurent pas.

Moi, je suis contente de partir en colo. Tristan et Estelle y vont tous les ans. L'année dernière, ils ont nagé en dehors du périmètre ! Ils se sont fait attraper par les monos. On va bien s'amuser.

Quand j'essaie de réconforter ma grande sœur désespérée, Georgette me rabroue. Georgette se sent en harmonie avec notre grande sœur dans la tristesse.

— Mais... laisse-nous ! En plus on a mal à la tête.

C'est normal, qu'elles ont mal à la tête, elles pleurent depuis deux jours. Quand Corinne s'est levée ce matin, je l'ai presque pas reconnue, tellement sa tête était différente.

Maman aussi, on dirait qu'elle va pleurer, je me dis, quand je la regarde à travers la vitre du car. Elle se tient toute droite, à l'écart des autres parents qui sourient. Ma mère n'est pas pareille. Ma mère n'a pas une tête de parent. Elle a une tête de notre mère. C'est tout.

Les parents font au revoir de la main à leurs enfants en souriant, alors que le bus n'est pas encore parti. On voit qu'ils sont ravis de se débarrasser de leurs enfants. Je fais la même chose, dans la voiture, quand on s'en va de chez la cousine de ma mère. Je fais au revoir par la fenêtre avant que la voiture démarre, tellement j'en peux plus de m'être ennuyée.

Si elle avait une autre solution, ma mère ne nous enverrait pas en colonie. Mais elle n'a pas assez de vacances. Après on restera deux semaines à Lyon en centre aéré. Ma grande sœur n'aime pas ça non plus, mais, au moins, on rentre à la maison tous les soirs. Après ça, ma mère a posé des vacances. On partira quinze jours toutes les quatre en Italie ! Ça, ma grande sœur, elle est heureuse. C'est encore mieux que le Cap-d'Agde, il paraît ! Le Cap-d'Agde, c'est hyper-beau pourtant. À la réunion l'autre jour, Corinne nous a fait les informations sur les grandes vacances. Elle a bien dit que, la colo, c'était un coup de ma tante. C'est elle qui a dit à ma mère qu'on n'est pas en « porcelaine ».

Si ça arrange notre mère, « c'est quand même pas la mer à boire ».

Cette tante était la seule à pouvoir nous garder pour nous éviter la colo. Elle a refusé. Elle avait peur des histoires avec « l'autre ». Elle n'avait pas envie de se faire casser sa porte.

— N'importe quoi ! j'ai dit.

Elle a deux chiens-loups, et mon parrain habite tout près de chez elle.

« Elles seront mieux en colo. » Maintenant, cette tante-là, on l'aime plus trop. Elle est entrée dans la liste de ceux à qui on ne parle pas.

— Alors on fait quoi ? j'ai demandé. On fait la tête ou pas ?

Corinne hésitait encore. Il fallait voir si notre mère n'avait vraiment pas d'autre solution que la colo.

Le moteur vrombit. Ça fait trembloter le car. Ça fait vibrer les vitres et ça intensifie le désarroi de Corinne. Corinne s'affole. Georgette redouble de solidarité. Elle se met à hurler ses pleurs. Corinne pleure moins silencieusement. En plus des yeux, elle pleure avec sa gorge. On dirait qu'elle a mal, la pauvre. Je ne sais pas quoi faire. J'ai de la peine.

Je cherche un peu de réconfort du côté de ma mère.

De l'autre côté de la vitre, le spectacle n'est guère plus réjouissant.

Ma mère s'est rapprochée des parents joyeux. Sa figure offre un contraste encore plus net. Ses yeux rougissent.

Ben, moi qui étais contente de partir...

La porte du bus se referme. Les parents joyeux sont de plus en plus joyeux, alors que ma mère est de plus en plus triste. Elle tire un mouchoir qu'elle avait caché dans sa manche. Discrètement, elle s'essuie le nez. Mais ? Ça ne se voit pas beaucoup, mais ma mère pleure.

Le bus démarre très lentement. Je ne peux plus me décoller de cette vitre. Que va-t-il se passer quand je ne verrai plus le visage de ma mère ? Que va devenir ma mère toute seule ? Elle marche derrière le bus. Le bus accélère. Ma mère est vaincue. Elle a l'air toute petite au milieu de cette place.

Je me tords la tête pour la voir encore un peu. Je la distingue grâce à ses cheveux. Elle n'a pas eu le temps de les attacher ce matin. À cause de moi. Je n'avais pas rangé ma trousse de toilette comme il faut. Ses cheveux sont énormes autour de sa tête. Le bus tourne. Il laisse ma mère derrière une rangée d'immeubles.

À l'intérieur, Corinne pleure avec le bruit sourd de quelqu'un qui souffre atrocement. Georgette pleure de plus belle. Le duo est infernal.

Je ne suis pas loin de m'y mettre. Pour échapper à la tristesse, je décide de me lever. Je me dirige vers l'avant du car. Trois adultes sont assis à l'envers. Ils regardent mes sœurs. Ils écoutent le concerto macabre.

L'un des trois m'agresse direct.

— On ne se lève pas ! Retourne à ta place !

Je m'en fiche. Je continue ma progression.

Il se lève, me barre le passage.

— Retourne t'asseoir.

Je jette un œil à mes sœurs. Pourvu qu'elles ne voient pas comme il est devenu méchant, celui-ci, maintenant qu'il n'y a plus les parents. Ma grande sœur avait raison. On est peut-être tombées dans un piège. Il va falloir faire gaffe. Celui-là déjà, c'est sûr. Il me pousse dans le dos pour me reconduire à ma place. Je déteste quand on me pousse comme ça. Il essaie de m'attraper le bras pour accélérer le mouvement.

— J'y vais toute seule, je lui dis.

Je lui ai montré tout de suite : avec ou sans parents, on ne fait pas ce qu'on veut.

Je retourne m'asseoir, il me suit.

— Eh ! Oh ! Oh ! Les filles, vous n'allez pas à l'abattoir, vous partez en vacances ! il dit à mes sœurs en riant.

Ma grande sœur le regarde à peine. Il parle trop fort. Ça lui fout la honte devant tout le car.

Bon. Lui, c'est réglé : il est con. Il continue :

— Regardez les autres, ils ne pleurent pas !

Georgette répond à l'ignorant :

— Leurs parents ne les aiment pas.

Le moniteur ne savait pas à qui il s'adressait, maintenant, il est au courant.

Corinne a beau être triste, elle n'accepte pas qu'on dévoile notre jardin secret.

— Arrête, Georgette... Tais-toi.

Corinne reprend ses esprits. Georgette ne s'arrête pas en si bon chemin.

— Leurs parents, ils s'amusent pendant que les enfants vont en coloniiiiieee.

— Mais non ! Les enfants qui sont là sont heureux d'aller en vacances. Leurs parents les aiment et les envoient en colonie pour leur faire plaisir.

Il approche sa main de la tête de la plus petite. Elle a un bon réflexe. Elle le repousse violemment avant même qu'il ait eu le temps de lui toucher les cheveux. Elle le fixe méchamment. Ça marche. Il voit bien que, s'il continue, elle va le gniaquer. Il rabaisse sa main. Il a compris : faut pas la toucher.

— Ça va aller. Je vais me rasseoir devant. S'il y a un problème, vous venez me voir. D'accord ?

Personne ne lui répond, il s'en va quand même.

Par pudeur, Corinne tente de se reprendre. On regarde par la fenêtre.

Plus personne ne bronche. Il faut se résoudre. Nous sommes bel et bien condamnées à la colonie de vacances. Quatre semaines.

Après un temps, Corinne regarde Lyon défiler. Nous passons devant chez sa copine. Devant chez papi et mamie. Devant chez Angèle. Devant chez ma nourrice. Devant l'école de danse classique. Nous sommes prises au piège, emmenées loin de chez nous. Elle lâche :

— Je pensais que maman nous ferait jamais ça.

Le bus aura mis neuf heures et demie pour arriver à destination. Pendant neuf heures et demie, nous avons écouté les discussions des autres enfants. Nous n'avons pas dit un mot, sauf aux haltes du bus. Ma grande sœur m'a demandé de lui tenir la porte des toilettes, de manger le sandwich préparé par maman. Elle a dit à Georgette d'arrêter de manger tous les bonbons. Le bus est enfin entré dans la cour de la colonie.

Les portes se sont ouvertes.

Les enfants sont fatigués, énervés. Ça se bouscule. Des bâtiments en préfabriqué entourent une vaste cour. Au milieu, une multitude de valises sorties des flancs du car. Les enfants sont autour des bagages. Les trois moniteurs se tiennent debout, des feuilles à la main.

Deux autres cars s'arrêtent dans la cour. L'un vient de Nevers, l'autre du Havre. Les enfants sont collés aux vitres en attendant l'ouverture des portes. Ils regardent les Lyonnais.

Un monsieur aux cheveux blancs se joint aux monos. C'est le directeur. Il fait signe avec son bras pour qu'on se pousse :

— On recule ! On recule ! On laisse descendre les autres colons.

Alors, quand on est un enfant, qu'on vient en vacances ici, on s'appelle des colons ? Première nouvelle. Eh ben, je n'aime pas qu'on m'appelle comme ça déjà.

Les deux cars ouvrent leurs portes. Ça crie de plus belle. Ça se bouscule plus fort. D'autres moniteurs descendent. Ils se disent bonjour entre moniteurs. Ils saluent le directeur. Les chauffeurs des cars sortent d'autres valises.

Il y a des bagages partout. Ma grande sœur cherche les nôtres des yeux.

Les moniteurs hurlent de se ranger par car.

Dans ce chahut, ils réussissent à mettre les enfants en ordre. On se retrouve en étoile à trois branches autour des monos et du directeur. Les Lyonnais d'un côté, Nevers de l'autre, Le Havre en face.

Nous nous regardons en chiens de faïence.

— Tout le monde s'assoit en silence ! hurle un mono.

Pourvu que ce ne soit pas notre moniteur lui non plus...

Le silence est à peu près acceptable. Le directeur se place au milieu de l'étoile :

— Je vous souhaite la bienvenue dans ces locaux où, j'espère, vous passerez de bonnes vacances. Je m'appelle Jean-Christophe, dit J-C. Ces bâtiments que vous voyez tout autour sont les dortoirs, dans lesquels nous allons vous répartir.

Une petite fille se jette sur sa valise.

— Non, non, non, jeune fille, on ne récupère pas encore sa valise ! Tu es gentille de te rasseoir.

La petite fille s'exécute.

— Je vais vous présenter vos moniteurs : Alain, dit Linlin, va s'occuper du groupe des grands. Jérôme, dit Jéjé, les grands. Christian, dit Kiki, s'occupe des moyens-grands, Murielle, Mumu, grands-moyens. Nathalie, Totoche, s'occupe des moyens-petits, Corinne, Coco, moyens-petits. Thierry, Titi, les petits. Lucien, Lulu, les petits.

J'ai rien compris. Je suis complètement perdue avec tout ça.

— Ils vont vous appeler. À votre nom, vous récupérez votre valise et vous vous mettez en file indienne, derrière votre moniteur.

Le directeur s'éloigne, laissant la parole à l'un des moniteurs.

— Je suis Linlin. Bonjour, et bienvenue à tous.

Les enfants se mettent à hurler.

— Bonjour Linlin. Bonjour ! Salut !

Linlin rigole, les autres monos aussi. Je ne trouve rien de marrant.

— Silence ! Comme vous l'a dit J-C, je m'occupe des grands. Notre groupe s'appellera la Linlin bande. À l'appel de votre nom, vous prenez votre valise et vous venez derrière moi.

À peine baisse-t-il les yeux sur sa feuille, qu'une grande partie des enfants se jette sur les valises comme si un coup de feu venait d'être tiré. On dirait un départ de course.

Linlin, qui a perdu son autorité, se met à hurler :

— Oh ! Oh ! Qu'est-ce que j'ai dit ? Alors, pour commencer, ceux qui se sont levés avant mon signal seront de corvée de lit !

Ceux qui sont restés assis se moquent.

Je me tourne vers mes sœurs.

Purée, ça commence mal. Il n'a pas l'air gentil du tout, celui-ci. J'espère qu'il ne m'a pas vue me lever !

Linlin désigne des enfants du doigt.

— Toi ! Comment tu t'appelles ?

— Cédric Levasseur.

Il écrit sur sa feuille.

— Corvée. Toi ?

— Sébastien Dormiac.

Il écrit.

— Corvée. Toi ?

— Sandra Marino.

— Corvée. Toi ?

— Alexandre Parila.

— Corvée. Toi ?

— Sibylle.

— Corvée.

Ma grande sœur me regarde. Il s'en faut de peu pour qu'elle se remette à pleurer.

Je hausse les épaules pour la rassurer. Je m'en fiche, de sa corvée. Je sais faire un lit quand même. Je me rassois à côté de ma grande sœur.

— On va être séparées, elle me dit tout bas.

Quoi ?

L'heure de vérité va sonner. On s'est bel et bien fait avoir ! Non seulement on va être maltraitées pendant quatre semaines, mais on va être séparées. Ce n'est pas possible, ça ! L'idée d'être séparées ne passe pas.

Les « colons » de Linlin sont en file indienne derrière lui, bagage à portée de main.

Derrière Kiki, l'équipe se forme. Kiki appelle ma grande sœur. Corinne prend place dans la file, avec sa valise. Elle nous fixe, Georgette et moi. Nous sommes toujours assises dans l'étoile, qui s'est déformée. Kiki appelle le dernier participant de son groupe. Désarroi. Désespoir. Le visage de ma grande sœur est inondé de larmes.

Elle est toute seule dans le Kiki groupe ! Ni Geor-gette ni moi n'avons été appelées !

J'ai demandé à parler au directeur. La monitrice de mon groupe voulait régler le problème elle-même. Elle trouvait qu'on faisait des histoires. La monitrice ne voulait rien entendre. Je me suis assise en plein milieu de la cour. J'ai refusé de visiter la colonie. J'ai tellement retardé tout le monde que la monitrice a cédé. J'ai dû encore insister pour qu'on emmène Corinne et Georgette.

— On doit téléphoner à notre mère ! j'ai dit à J-C. On ne peut pas rester. Notre mère a dit qu'on devait être dans le même groupe. Si on n'est pas ensemble, on ne peut pas rester.

Au début, il ne comprenait pas qu'on allait partir s'il faisait pas ce que je lui demandais. Il me trouvait drôle.

— Oui, oui, je comprends très bien, mais, comme je vous l'ai dit, vous vous verrez presque tout le temps. Vous n'êtes pas séparées.

Il a essayé de m'embobiner. Je n'ai pas eu besoin de regarder ma grande sœur pour savoir qu'elle me soutenait.

— Il faut appeler notre mère ! j'ai redit.

Je ne voulais rien savoir. Je m'en fichais complè-tement, de ce qu'il m'expliquait en faisant le gentil, le directeur.

— On va appeler votre maman, mais je ne crois pas qu'on puisse vous mettre dans le même groupe. On a déjà fait un effort avec Georgette qui est chez les moyens-grands au lieu d'être chez les moyens-petits. On ne peut pas mettre une grande chez les moyens. Ce ne serait plus des groupes.

Je n'ai pas bougé. J'ai attendu qu'il appelle ma mère.

— Allô ? Je souhaiterais parler à madame Di Baggio.

Il s'est étonné qu'elle porte un nom différent du nôtre. Il a demandé à notre mère si on était bien ses enfants.

— Bonjour madame, je suis Jean-Christophe Madelon, de la colonie de Pornic... J'ai devant moi trois petites filles très malheureuses...

J'ai regardé mes sœurs. On a recommencé à respirer.

Maman ne nous aurait pas laissées tomber. Ma mère nous a défendues ! Nous sommes toutes les trois dans le même groupe.

La colo est presque finie. Corinne, Georgette et moi avons dormi dans le même dortoir pendant les quatre semaines. Nous étions toutes les trois dans la Mumu équipe. Du coup, je n'ai jamais pu faire la belle le soir. Ma grande sœur me surveillait trop. Pierre, Vincent, Paul et Valérie s'évadaient du dortoir et ils allaient sur la plage. J'ai regretté que ma grande sœur soit dans mon dortoir. Georgette a regretté qu'elle soit à sa table à la cantine. Corinne a surveillé ce qu'elle mangeait ; du coup, Geogeo a crevé la dalle pendant toute la colo.

Au jeu de piste, notre équipe a perdu.

110

— C'est normal qu'on a perdu ! il y en a un qui a dit. C'est à cause de la p'tiote !

— Ben oui ! j'ai gueulé. Elle a seulement huit ans ! À huit ans, toi t'arrivais pas non plus à courir comme maintenant.

Alors là, il a dû la fermer un moment. Il cherchait les noises. Il a recommencé.

— Et ton autre sœur ? Elle a douze ans ! Elle devrait être chez les grands. Elle non plus, elle court pas ! C'est aussi à cause d'elle qu'on a perdu ! Elle saura courir quand ?

— Et toi, tu crois que t'as bien couru, espèce de grosse limace ? je lui ai dit.

Tous les autres ont rigolé. Ça l'a énervé.

Maintenant, il s'appelle grosse limace !

On a organisé une kermesse. Ça, c'était super. On jouait en individuel. Je me suis bien classée. Mumu était contente.

Corinne n'a pas aimé la kermesse. Je l'ai vue quand il fallait faire remonter le savon sur la planche glissante. Elle n'y arrivait pas du tout. Non, Corinne, ce qu'elle voulait, c'était discuter avec sa copine Solange. Elles ont déjà échangé leurs adresses. Elles ont commencé à pleurer un jour avant la fin de la colo. Solange et Corinne vont être séparées demain. Solange sera dans le bus de Nevers. Même si c'est pas trop loin de Lyon, Corinne a dit à Solange que ça serait un miracle si elles se revoyaient. Alors elles ont pleuré.

Dans le bus, ça a été encore pire. Corinne souffrait vraiment de la gorge. Georgette a encore aidé ma grande sœur à pleurer. Les monos sont revenus les voir. Ils ont essayé de les consoler. Ça marchait pas tellement. En plus, ils avaient du boulot, les monos. Il y en avait plein qui pleuraient.

Je ne me suis pas assise avec mes sœurs. Cette fois, je me suis planquée au fond avec Marc, Pierre, Vincent, Paul et Valérie. J'aurais voulu que ça dure plus longtemps que neuf heures et demie, le retour.

C'est le dixième et dernier mouchoir en papier que ma mère tend à Corinne.

Maman le froisse et le range en boule dans son sac à main. « On n'a pas été élevées chez cochon. »

Maman avait prévu la météo avec Corinne. Mais, là, elle est dépassée par les événements. Ce n'est pas une simple averse : c'est le déluge. Elle aurait dû prendre toute la cartouche de mouchoirs en papier, ou une nappe.

— Ça ne s'est pas bien fini, la colonie ?

Elle patauge dans l'inondation... Elle ne sait plus comment faire avec sa fille aînée qui ressemble à la fontaine des Terreaux. Celle face à la mairie du premier arrondissement de Lyon. Il y a trois jets qui sortent de la gueule des chevaux. On ne peut pas passer à côté sans recevoir des éclaboussures. Il vaut mieux se tenir à distance de ma grande sœur. Georgette, sans parapluie ni protection, se tient tout près.

Ma mère ne comprend pas. Elle voudrait que Corinne se calme et que je me rapproche. Alors là... moi, j'attends la fin du déluge avant de me radiner.

— C'est à cause de sa copine Solange, je confie à ma mère pour la rassurer.

Ça ne rassure pas maman. Elle est anxieuse, ça se voit. Elle a hâte d'arriver à la maison. Elle a peur que Corinne n'aime pas sa nouvelle chambre.

— Tu verras, tu ne seras pas déçue d'être allée un mois en colonie de vacances, elle lui a promis.

La promesse est de taille. Elle a intérêt à être bien, sa chambre. La colo, ça lui reste « coincé en travers de la gueule », a annoncé Corinne, même si elle aime Solange.

— T'as maigri, Geogeo.

— J'ai rien bouffé pendant un mois.

La colo lui reste coincée en travers de l'estomac, maman apprend de celle-ci.

Décidément, rien ne sera fait pour destresser ma mère pendant le chemin qui nous conduit à notre nouvelle chambre.

Nous approchons du but, et l'anxiété grandit. Nous marchons de plus en plus vite. J'ai bien cru que, après avoir traîné la patte durant toute la colo, elles allaient piquer un sprint en montée. Maman va-t-elle obtenir gain de cause malgré son faux pas ?

La porte s'ouvre. Ma mère sourit tant bien que mal. La clé à peine retirée de la serrure, Georgette et moi nous ruons dans la chambre. Nous restons bouche bée devant tant de beauté. Maman nous observe, inquiète. Nous sourions à nous en faire des entorses aux maxillaires. La cloison est plus haute. Ça donne réellement l'impression d'une chambre à part entière.

Nous avons moins de lumière, mais nous avons une plante grimpante.

— À la colo, il y en avait une comme ça, elle était pleine de moucherons !

Je regrette aussitôt cette remarque en voyant la tête de ma mère se figer.

— Ça fait un peu de vert, on s'est dit.

La tapisserie blanche avec de toutes petites fleurs bleues est ravissante.

— Ça fait un peu de bleu aussi ! s'exclame Georgette.

Ma mère ressemble à un kaléidoscope.

— Tu n'aimes pas ?

Elle pense que Georgette se moque.

Georgette se retourne avec un sourire si radieux que ma mère comprend ; ma sœur aime énormément, démesurément, outrageusement. Maman récupère petit à petit une figure normale. Elle nous observe un instant encore, avant de s'octroyer une inspiration libératrice. Je souris à mon tour de mon air le plus convaincant. Nous lui faisons face, les maxillaires hypertendus. Nous avons une hypertrophie amoureuse pour la tapisserie. Maman devient presque contente. Les deux petites, « ça va ».

— Alors ? Vous regrettez la colo ? elle demande enjouée.

Nous ne répondons pas. Nous avons compris : c'est à Corinne qu'elle s'adresse. Maman n'est pas sûre, malgré la belle chambre, que l'aînée lui pardonne la colo.

Corinne n'a rien dit depuis qu'elle a filé dans sa chambre. Avec la nouvelle cloison, avec le croisillon et la plante grimpante, on ne peut plus la voir, même si elle est debout.

Corinne apparaît de derrière la verdure. Sans un mot, elle vient inspecter ce qu'il en est de nos quartiers. Elle ne se prononcera pas avant de savoir si ses deux sœurs sont bien logées.

Georgette et moi sautons partout, les maxillaires en situation.

— Regarde comme c'est bien, Corinne !

Oui ! Oui ! Nous sommes ravies ! Prononce-toi ! On a mal aux joues, on voudrait se détendre la gueule ! Dis quelque chose !

Nous décidons d'en rajouter pour accélérer la réconciliation.

Nous passons de l'autre côté de la cloison. La chambre de Corinne est magnifique, grande et lumineuse !

— Corinne ! Ta chambre, c'est comme chez Jââcinthe ! lui dit Georgette.

Corinne sourit timidement, un tantinet mal à l'aise de tant de privilèges.

Maman ne « vend jamais la peau de l'ours » : ça démarre bien, mais ce n'est pas encore gagné.

— C'est moi qui ai dessiné votre bureau.

Elle « bat le fer tant qu'il est chaud ». Nous sommes rappelées dans nos quartiers. Nous traînons nos bouches crispées de tous les côtés de la cloison.

Notre bureau fait sur mesure occupe toute la place qui restait libre. Ça nous laisse quand même un passage entre le meuble et le lit superposé.

— Je prends ce côté !

Je me jette dans le passage, à l'extrémité gauche du bureau. J'en profite pour sourire avec moins d'ardeur.

— Moi, celui-là !

Georgette se détend un peu le bas de la figure.

— Ma place va jusque-là !

Je trace une frontière sur la table avec mon index.

— Et moi jusque-là !

Georgette vient toucher mon doigt.

Une très grande planche, en contreplaqué verni, repose sur d'autres planches vernies. Les portes sont en contreplaqué, vernies elles aussi. Et les tiroirs en contreplaqué verni ! J'essaie d'ouvrir mon tiroir. Oh là... Pas fastoche. Avec les deux mains peut-être ? Et si je m'aidais de mon pied ? Je pose mon pied sur la tranche, je tends la jambe en même temps que je tire le tiroir. Rien à faire... C'est un tiroir qui ne s'ouvre pas...

Georgette tourne la tête vers maman. Explication ?

— Il va mettre de la cire dessous, ça va glisser tout seul.

Ah bon. Ce n'est pas fini... Geogeo n'aime pas ça. Comme un cadeau de Noël qui ne fonctionne pas parce que les piles ont été oubliées. Un cadeau sans piles, c'est un cadeau mal fait.

Georgette défronce pourtant les sourcils.

— Regarde le grand placard qu'on a !

Elle vient d'ouvrir la porte qui se trouve aux pieds du bureau, de son côté.

— C'est pour ranger vos cartables, vos diction-naires...

— Ouais, super !

J'ouvre le mien à l'autre extrémité.

— Ouah !

Georgette repousse la porte de son placard. Elle ne se referme plus.

Ma sœur tourne la tête vers maman. Explication ?

— C'est la charnière qui est trop faible.

Il faut soulever la porte pour la refermer. Ça commence à floper sec le cadeau sans les piles, sans les accessoires... sans le mode d'emploi. Le cadeau est plus que mal fait. Il est salopé.

Je referme la mienne. Pareil. La porte est penchée. Je n'ose plus regarder Georgette ni maman.

— Il va mettre des charnières plus adaptées.

Celui qui a fait le bureau ne s'est pas foulé. Il n'y a pas de quoi attendre des courbettes quand le cadeau est aussi cochonné ! C'est sûr que maman va lui dire.

De derrière la cloison, nous entendons la voix de Corinne.

— C'est qui, « il » ?

C'est vrai, ça... C'est qui ?

« Il », normalement, c'est celui dont on ne parle pas.

Ma mère vient de gober un piment cru, on dirait. Elle est toute rouge, la bouche incendiée, elle a du mal à répondre. Le chef de notre bataillon émerge de la savane grimpante dans notre chambre. Un visage sévère. Un coup d'œil rapide aux deux petites : état d'alerte.

La question ne sera pas reformulée. Réponse ? Le troufion a pris son regard méfiant. La plus petite se place au côté de la commandante.

Silence.

Le peuple organisé en régiment attend une explication des autorités.

Au bout du couloir de la chambre de maman, on perçoit un léger bruit. Quelqu'un s'est déplacé ?

Le visage de la commandante devient plus critique. Elle a peur. Dois-je compléter la formation ?

— Qui a fait ça ?

Un nouveau bruit provient du même endroit. La commandante, le troufion et leur char d'assaut ont entendu clairement cette fois. Je me lève d'un bon. Char d'assaut en position. Restons groupées.

— C'est qui ? demande Corinne presque sans voix.

— C'est... c'est un peintre-plâtrier très gentil. Il a mis la tapisserie, c'est moi qui ai dessiné votre bureau, il l'a fait...

Peintre-plâtrier ? Très gentil ? La formation de défense du territoire met en place son tribunal.

— Il s'appelle Pierre... bafouillent les autorités.

Les jurés semblent hargneux.

— Ben, d'ailleurs, il est là... Je vais vous le présenter, comme ça vous pourrez lui dire que vous aimez ce qu'il a fait... Hein ? Vous lui dites... D'accord ?

...

— Pierre ?... Pierre ?... Vous pouvez venir ? Mes filles voudraient vous dire quelque chose...

Nous n'en croyons pas nos oreilles.

La porte de la chambre de notre mère grince. Un homme va arriver du couloir ? L'inimaginable va se produire ?

Pierre passera en comparution immédiate. Chef d'accusation : détournement et embobinage prémédités de notre mère durant un mois avec intention de prolonger le délit.

Un homme tout ce qu'il y a de plus « homme », tout ce qu'il y a de plus condamnable, apparaît dans l'encadrement de la porte.

Nouveau chef d'accusation : Pierre est grand. Pierre est baraqué : troisième chef d'accusation. Pierre a les cheveux noirs : circonstance aggravante. Avis personnel du juré que je représente. Il aurait été blond, ça adoucissait mon point de vue. Ses cheveux sont si noirs qu'il me rend immédiatement plus blonde. Mauvais, très mauvais pour lui. Pierre a les yeux noirs et porte la barbe. Un « il » tout ce qu'il y a de plus différent du « Il » dont on ne parle jamais.

Nous n'en revenons pas. Notre tribunal est en état de choc. Rien à sauver. Verdict immédiat sans concertation : coupable. Condamné à perpète, assorti d'une peine de dix ans de sûreté.

Dans ce silence pesant, l'avocat du comparaissant prend la parole. La voix fébrile de notre mère résonne :

— Je vous... Je vous... pré... sente... Pi... Pi... Pierre qui... qui... qui... m'a beaucoup aidée durant ce mois.

— C'est où les chiottes ?

Je claque la porte de la Coccinelle dorée.

— C'est où les chiottes ?

Je demande à qui veut bien m'écouter. Je ne vais jamais arriver à temps, ma parole.

Ma mère ne me répond pas. Elle vérifie que son frein à main est bien enclenché. Elle tire dessus comme si elle voulait l'arracher. Ses yeux sont enfoncés dans sa figure tellement elle a fixé la route depuis cinq cents kilomètres.

Je me dandine. Pourvu que personne ne prenne ma place. Je ne tiendrai plus très longtemps.

— C'est où les chiottes ?

Il y a une grosse maison en béton là-bas. Je ne sais pas si je parviendrai à parcourir cette distance.

Je me tiens l'entrejambe quelques instants. Je dois trouver le courage de me rendre au blockhaus vers lequel tout le monde se dirige nonchalamment. Le ventre à l'aise. Ah, les enflures, ils vont me prendre la place !

Les portières des voitures claquent les unes après les autres.

Une, deux, trois ! Je fonce, pliée en deux.

Georgette a pris ma place !

— Dépêche !

Je balance un coup de pied dans la porte.

— Dépêche !

Elle ne me répond pas. Elle prend tout son temps.

— Dépêche ! Je vais me pisser dessus !

Quand la porte s'ouvre, je comprends pourquoi ça ne répondait pas. C'est ma grand-mère qui sort des toilettes contre lesquelles je perdais mon sang-froid.

— Pardon mamie, mais j'en peux plus.

C'est la pause. On va manger sur l'aire d'autoroute. Mon parrain sort de sa voiture, les cheveux ébouriffés. Il remonte son pantalon. Il s'étire.

— À ce rythme, on arrive l'année prochaine. Tu peux pas aller plus vite ? il demande à ma mère qui est déjà épuisée.

Maman se rince les mains à la bouteille d'eau en plastique. Elle se penche pour ne pas se mouiller complètement. Sans répondre, elle verse de l'eau sur les mains de Georgette. Elle referme la bouteille. Elle se dirige vers la glacière bleu clair d'où elle sort des sandwichs emballés d'aluminium et des Tupperware, remplis la veille.

— Dis ? Tu peux pas rouler plus vite ?

Il recommence. Au cas où elle n'aurait pas entendu.

Maman dépiaute un œuf dur. Elle me le tend. Corinne se tient à distance du groupe. Corinne ne dit rien depuis hier. « On se voit à votre retour », a dit Pierre à maman devant nos valises. On va le revoir, c'est sûr. Corinne en a gros sur la patate avec les vacances. Un mois de colo, quinze jours de centre aéré, Pierre, et maintenant l'Italie en famille ! « Elle avait dit qu'on partait toutes les quatre, pas à onze. » Nous nous sommes encore fait rouler.

— Merci.

Je mords dans l'œuf.

J'adore manger sur l'autoroute.

Tout le monde attend la réponse de ma mère, qui ne vient pas.

Notre Coccinelle n'avance pas ! On aurait mieux fait de partir à quatre.

Mon oncle se tient toujours debout devant ma mère qui dépiaute ses œufs. Elle lui en tend un comme si c'était ce qu'il voulait.

— Si tu m'assassines avec tes étouffe-chrétiens, t'arriveras pas, toi non plus.

Super-marrant. Je rigole à pleine bouche remplie d'œuf. Ma mère me jette un regard noir. Je referme ma bouche sur le jaune sec et farineux. Ça me colle partout sur les dents.

Nous n'avons pas encore passé la frontière. Nous allons en Italie. Notre Coccinelle dorée est garée à côté de la grosse voiture de mon parrain. Ça se voit qu'elle est lente, notre voiture. Même arrêtée, ça se voit. Elle est amorphe, cette voiture... Celle de mon parrain est énergique, prête à bondir...

— C'est quoi, cette charrette ? je demande, la bouche encore pleine d'œuf.

— Sibylle, tu finis d'avaler avant de parler.

Ma mère ne me rate pas.

— Une caravane pliante, me répond mon parrain, la bouche pleine de salami.

Ma mère ne lui fait pas vider sa bouche.

Une caravane pliante ? Je n'en reviens pas. Mon oncle est incroyable. Ce qu'il traîne derrière sa voiture depuis Lyon. C'est une caravane pliante ? Je ne savais même pas que ça existait !

— Il y a deux chambres à l'intérieur.

De la charrette va naître une petite maison ? Je voudrais bien voir ça.

— Tu verras quand on arrivera. Dans quinze jours, à l'allure à laquelle on roule !

Ma mère ne dit rien. Elle déballe un sandwich au thon. Elle me le tend.

— Merci.

Corinne observe ma mère qui se fait humilier. Si nous étions parties toutes les quatre, cette situation n'aurait pas eu lieu, elle pense.

Mon parrain a fini son salami, il avale un morceau de fromage.

— Je veux dormir dans la caravane !

— Ils seront déjà cinq là-dedans.

Ses cinq enfants vont dormir dans la caravane.

— Moi aussi, je veux dormir dans la caravane.

— Nous verrons, dit ma mère pour me faire taire.

Avec ou sans œuf, elle n'a pas envie que je parle. Je suis bien décidée. Une fois sur place, je ne lâcherai pas cette idée. Une de mes cousines préfère dormir avec mes sœurs dans la maison. On fera l'échange.

— Georgette ? Tu es passée aux toilettes ?

— Oui. Je me suis lavé les mains et la figure.

— Sibylle. Tu passes aux toilettes, tu te laves les mains, on repart dans un instant.

124

À peine eu le temps de manger un étouffe-chrétien, de comploter avec ma cousine, qu'on remonte en voiture...

Passe aux toilettes... Comme si je pouvais m'obliger quand je n'ai plus envie... Maman ne veut pas que tous s'arrêtent à cause de notre Coccinelle. Notre voiture est l'escargot du convoi, ça suffit comme ça.

Elle ne demande rien à Corinne. Corinne est passée aux toilettes à coup sûr. Elle s'est lavé les mains et a remis sa frange en petit pont.

Bon, je vais voir ce que je peux faire...

Quand je reviens, la discussion en est toujours au même point.

— Tu vas conduire plus près de moi. Je t'ouvre la route, tu ne crains rien. On ne va pas rouler à 80 jusqu'à Frozinone !

Mon parrain peste.

Ma mère range les Tupperware vides dans la glacière bleu clair.

Mon grand-père suivra juste derrière. Ma mère n'a qu'à se laisser guider.

— Tu ne te poses pas de question et tout ira bien, mon parrain conclut avant de remonter dans sa voiture.

Ma mère ferme le coffre.

Nous remontons dans la Coccinelle. Notre insecte ne fait pas l'unanimité. Ma mère soupire. Elle claque la portière. Méthodiquement, elle tire sa ceinture de sécurité, qu'elle enclenche. Elle pose ses mains sur le volant à onze heures dix. Elle est prête pour ce nouveau calvaire.

Notre convoi se remet en mouvement.

Maman se concentre sur la caravane pliée de mon parrain.

Dans la Coccinelle, ça fait une heure que personne n'a desserré les dents.

Maman lâche :

— Il va tous nous envoyer au ciel.

Elle fait un écart. Un coup de volant. Georgette et moi nous retenons aux poignées, à l'arrière.

La Coccinelle ralentit malgré les consignes de mon parrain. Papi fait immédiatement des appels de phares. Maman est très tendue. Corinne surveille les opérations, assise à côté. C'est comme si elle conduisait elle aussi.

Maman a refusé de passer sous le tunnel du Mont-Blanc. Mon parrain était d'accord ; avec les lumières sous le tunnel pendant si longtemps, ce serait trop dur. On va prendre par le mont Cenis.

— Il faudra faire encore plus attention côté italien. Ils conduisent comme des sagouins, a lancé maman avant qu'on attaque la montagne.

Elle a expliqué que les Italiens se fichent complètement du code de la route. Ils appuient sur le champignon et passent au feu rouge en klaxonnant !

Corinne a de plus en plus d'appréhension. Moi, je sais que mon parrain protégera notre voiture. Il sait suffisamment bien conduire pour guider sa voiture et couvrir la nôtre.

Il y a plein de tournants sur le mont Cenis. Il y a des virages « en épingle à nourrice ».

Une ou deux fois, maman a dit :

— On va finir dans le décor.

Elle a peur qu'on tombe dans le ravin. Nous roulons pianissimo.

— *Chi va piano va sano. Chi va sano va lontano*, elle dit pour se rassurer quand nous sommes distancées une fois de plus.

Nous roulons tellement piano piano que mon parrain met ses deux clignotants orange.

— C'est quoi ? je demande à maman.

— Ses feux de détresse.

Maman n'est pas trouillarde. Si mon parrain conduit avec ses feux de détresse, c'est que la route est vraiment dangereuse ! Les gens sont fous, ma mère a raison : il y a plein de voitures qui nous doublent dès qu'il y a le moindre bout de ligne droite.

Une voiture nous dépasse à « toute berzingue ».

— Ils roulent comme des marteaux... elle fait le triste constat.

Corinne se retourne de temps en temps pour nous faire comprendre que la situation est plus que périlleuse. Georgette regarde devant. Quand aurons-nous l'accident ?

— Et une queue de poisson de plus !

Ma mère s'imagine qu'on lui dessine des poissons tellement elle est tendue.

Je fixe la charrette. Je n'arrive pas à réaliser que, de là, sortira une caravane.

Maman donne un grand coup de frein quand le camion nous dépasse. Georgette et moi sommes projetées contre les fauteuils avant. Le camion a soulevé tellement de poussière qu'on ne voit plus rien. Ça fait un bruit de tôle froissée. Notre voiture est poussée sur quelques mètres.

— Et merde !

Maman hurle, debout sur le frein.

La voiture cale. Quand la poussière retombe, on s'aperçoit que maman a eu un bon réflexe. Notre voiture est à quelques centimètres du vide. Si on avait continué, « on finissait l'histoire ici ». Maman nous fait sortir de la voiture. Elle tremble de peur. Papi aussi.

— Il t'est rentré dedans !

Il montre une aile de la Coccinelle cabossée.

Mon oncle sort de sa voiture en un éclair. Il désigne le camion qui ne s'est pas arrêté.

— C'est le semi là-bas. Descendez !

Ma marraine et ses enfants s'éjectent comme s'il y avait le feu. Le camion roule tout doucement. Il est trop gros pour la petite route de montagne. Nous regardons le camion qui chemine juste en dessous de nous. Mon oncle décroche la caravane pliante, il court autour de sa voiture, remonte, claque la portière. Il démarre en trombe. Il soulève autant de poussière que le semi. Il course le camion. Mon parrain est énervé, ça se sent d'ici. Il dépasse le camion. Il pile d'un coup tellement sec que ma mère et mamie hurlent ! Elles ont cru que le camion écrasait mon parrain.

Mon parrain fait de grands gestes au chauffeur du semi. Le chauffeur n'ouvre pas sa porte, c'est mon parrain qui le fait. Debout sur la marche, il tire violemment sur la porte du camion. D'un coup, il sort le chauffeur de sa cabine. Il lui fout des coups de pied aux fesses pour lui apprendre. Ma marraine part en hurlant sur la route.

— Il va le démolir, elle dit en s'élançant.

Mon parrain tient le chauffeur par l'oreille. Il lui montre la peinture dorée qui vient de la Coccinelle de ma mère. L'homme s'aperçoit qu'il a fait une bêtise. Ma marraine arrive sur les lieux en même temps qu'une drôle de sirène.

— *Carabinieri*, dit mamie à papi qui répète à maman.

« Ça va mal finir », ont l'air de penser papi et mamie.

Les carabiniers, c'est la police italienne, je comprends, quand deuxième voiture identique s'arrête à notre hauteur. Tout le monde se met à parler en italien. C'est la première fois que je vois mon papi parler si vite à quelqu'un qu'il ne connaît pas, mais qui le comprend. Mamie aussi parle vite. Les policiers comprennent tout ! Incroyable ! Encore mieux ! Ils parlent à maman qui leur répond ! Ils regardent exactement l'endroit où le camion a abîmé la voiture ! Les carabiniers comprennent parfaitement mon papi, parfaitement ma mamie et parfaitement ma mère. C'est ça, leur langue ! Je réalise d'un coup. C'est ici leur pays, ma parole ! Je le savais pourtant, mais, là, je le sais pas pareil. Je regarde mon papi qui est italien. Ma mamie qui est italienne. Ma mère qui a une tête d'Italienne. C'est pour ça qu'elle a des gros cheveux tout noirs. C'est pour ça qu'elle n'a jamais de coup de soleil.

Plus bas, mon parrain parle aussi avec deux carabiniers. Il montre la Coccinelle au-dessus. Les carabiniers comprennent là encore ce qu'il dit. Moi, je ne comprends rien. Ma mère est complètement différente en Italienne, je découvre : elle parle sans faire attention à rien. Elle fait plein de gestes. Comme mamie, comme papi, comme mon parrain ! Ma mère se met à ressembler à mon parrain ! C'est son frère !

Ils viennent tous d'ici. Ils sont chez eux. Oh putain, ça me fout un coup ! Ma mère et moi, on n'est pas du même pays ! Je regarde toute ma famille qui est italienne. Toute ma famille et moi, on n'est pas du même pays ! Je regarde mes sœurs.

Corinne écoute ce que tout le monde dit. On dirait qu'elle comprend l'italien !

— Tu comprends, toi aussi ? je demande, inquiète, à Georgette.

Est-ce que tout le monde comprend sauf moi ? Est-ce que je n'ai rien compris à ma famille ?

— Que dalle.

Georgette secoue la tête, complètement perdue. Ça me soulage.

Les carabiniers et mon parrain allument des cigarettes. Ils se mettent à fumer pendant qu'un embouteillage se forme derrière nous. Ils se connaissaient d'avant ? Les Italiens se connaissent tous.

Les deux autres policiers règlent la circulation sur la voie restée libre. Mon parrain, la cigarette entre les dents, revient vers nous. Il plaisante avec les policiers. Ça lui tire la figure en arrière. Les carabiniers l'aident à raccrocher sa caravane pliante.

Ils n'ont pas laissé le camion repartir. Maman et le chauffeur du semi ont signé des papiers. Ils nous ont fait passer devant tout le monde ! Mon parrain, mon papi, même ma mère ont fait des coucous de la main aux quatre carabiniers quand on a redémarré !

Nous arrivons enfin sur un minuscule chemin de terre.

Le cortège se met à klaxonner comme pour un mariage. Maman rigole d'un coup. Un très vieux monsieur sur une bicyclette adresse un long salut à notre convoi.

Ben dis donc, il est drôlement vieux pour faire du vélo, celui-là. Je n'ai jamais vu un si vieil homme pédaler.

— C'est zi Gelili, le frère de mamie, dit maman avec entrain.

C'est ça, les Italiens se connaissent tous, je vois. Le long du chemin de terre, quelques maisons blanches. Une famille au complet semble nous reconnaître. Ils sourient. Ils nous font de grands signes. Ils sont tous bruns, les yeux noirs. À moi aussi ils font signe ?

— C'est zi Arcange, le cousin de papi.

Nous répondons aux signes de ces gens que nous n'avons jamais vus.

Devant chaque maison, nous ralentissons. Ils sont tous dehors. Ils font des signes. Ils sont contents de nous voir !

— Tu te prends pour la reine d'Angleterre ? je demande à ma sœur aînée qui fait des saluts de la main bien trop élégants pour la situation.

Georgette et moi avons immédiatement un fou rire qui nous plie en deux et nous empêche de saluer le reste de l'Italie.

— C'est zi Betine, la sœur de papi.
— C'est zi Pasqual, le frère de mamie.

— C'est zi Domenico, le cousin de mamie.

Ils s'appellent tous « zi quelque chose ». Plus maman énonce les prénoms, plus Georgette et moi sommes hilares. Nous ne voyons absolument rien de ce que ma mère décrit. Nous entendons seulement qu'ils sont tous frères, sœurs, cousins, cousines.

Le chemin de terre nous conduit à une maison devant laquelle notre convoi s'arrête enfin.

— On est arrivées, les filles !

Maman est heureuse.

Georgette et moi sommes hystériques.

Corinne nous jette un regard réprobateur. Elle voudrait que nous nous calmions. Elle ne veut pas que nous fassions mauvaise figure devant la famille de notre famille.

Ma mère bondit hors de la Coccinelle. Les portières claquent dans tous les sens.

— Zi Maria !

Ma mère parle très fort, elle roule les *r*.

Ça parle en italien dans tous les sens.

— Ils sont combien ? j'essaie d'articuler.

Corinne n'est pas descendue non plus. Elle nous attend. Nous devons nous présenter en groupe.

— On y va ?

Elle nous invite à sortir avec elle.

— C'est zi Corinne !

Au milieu de mes rires, j'articule encore :

— Zi Sibylle et zi Georgette !

Là, c'est foutu. Georgette et moi ne nous relèverons pas si vite.

Au bout de dix minutes, Corinne nous prévient :

— Ils arrivent.

Oh purée ! Les « zi » arrivent !

Quand nous relevons nos têtes écarlates, notre voiture est entourée d'Italiens. Ils nous regardent à l'intérieur. Ils sont tous bronzés, les cheveux épais, les yeux noirs. Je vois deux hommes aussi forts que mon parrain ! Ça me calme un peu. Georgette se calme dans la foulée. Un tour d'horizon vers ces visages nouveaux. Ils ressemblent à mon papi. Elles ressemblent à ma grand-mère ! À mon parrain ! À Angèle ! À ma mère ! Il y a un double de ma famille en Italie !

Maman nous a fait sortir de la voiture. Nous nous tenons toutes les trois collées les unes aux autres devant le double de notre famille en italien. Ma mère nous laisse pour discuter avec des femmes qui lui ressemblent. Ma mère ne nous laisserait jamais seules d'habitude ! Maman est détendue. Elle rit pendant qu'on se fait pincer les joues par une zi quelque chose.

— *Com'è bella, ch'ta pepette* !

Elles nous pincent les unes après les autres. Elles nous disent plein de phrases que nous ne comprenons pas.

— Maman ?

Corinne voudrait que notre mère se rende compte qu'on se fait bousiller la figure.

Un monsieur qui a des doigts aussi gros que mon parrain s'approche de nous.

— Americo, il se présente.

Il ressemble tellement à mon parrain que j'ai l'impression de le connaître... Il fait un geste vers le sol.

— Il nous a vues quand on était petites, traduit
Corinne.

— Ah bon ? On n'est jamais venues.

Georgette est suspicieuse.

Maman n'est pas venue nous aider. Elle trouve
qu'ici on n'a pas besoin ! On se fait pincer dans tous
les sens, et notre mère n'y voit aucun inconvénient !

Quand nous sommes emmenées dans le jardin en
friche au milieu de trois maisons, maman est déjà à
table en train de parler en italien. Ma mère, qui change
de trottoir dès qu'un caniche croise sa route, discute
et rigole au milieu de chiens énormes qui viennent
réclamer de la nourriture. Ma mère n'a pas peur des
chiens italiens.

Nous avons passé quinze jours au milieu des lapins,
des cochons, des chiens, sans que ma mère s'affole
une seule fois ! Ni pour elle ni pour nous.

Americo m'a emmenée chercher des noisettes
fraîches. J'avais peur de me faire disputer parce qu'on
n'avait pas prévenu. Quand nous sommes revenus,
maman était fière de moi !

Les cousins de ma mère nous ont trimballées sur
leurs vespas, maman rigolait.

Nous avons disparu des heures au lavoir avec les
sœurs de mamie, maman était contente.

Un soir, Zi Maria, la marraine de ma mère, a chanté
très fort en italien, Americo jouait de l'accordéon.
Tout le monde s'est mis à chanter, même maman.

Corinne a couru partout à cause d'une guêpe qui
en voulait à sa pastèque. Tout le monde s'est marré,
même maman !

134

Pour manger du lapin, ils n'allaient pas dans un magasin, ils attrapaient un animal vivant, dans une cage. Ils lui arrachaient la fourrure et le faisaient cuire ! Avec mes sœurs, nous hurlions de terreur. Tout le monde était heureux. Même maman.

Americo et mon parrain ont réparé la Coccinelle. Elle est comme neuve. Maman était contente.

J'ai dû marcher à l'ombre avec un chapeau parce que le soleil était violent. Ma mère avait prévenu. Si j'oubliais mon chapeau, quelqu'un courait pour me le rapporter. Si je portais un T-shirt à manches courtes, quelqu'un me mettait un châle, un bout de tissu, même un torchon de cuisine, sur le dos. J'étais la *bionda ragazza*. La *bianca ragazzina*.

Patricia, Fabio et Antonella ont le même âge que nous. Personne ne m'a traitée de garçon manqué ; les autres petites filles étaient « pires » que moi. On a grimpé à tous les arbres. On s'est jetés des cailloux ! Les grands n'ont jamais eu peur que j'esquinte qui que ce soit. C'est plutôt Antonella qui a pris. Je suis maigre, blanche, blonde et fragile, tout le monde avait l'air de penser.

Ma mère pleure en disant au revoir à sa famille. Mamie aussi. Papi a la mine triste. Corinne est en larmes. Georgette la supporte. J'ai eu une petite appréhension. J'aime bien l'Italie, mais j'ai cru qu'on n'allait plus jamais rentrer en France. Je n'ai pas vu un blond de tout le séjour.

135

Georgette a mangé des pâtes et de la saucisse noire à s'en faire éclater le ventre.

— Maintenant tu vas faire attention à ce que tu avales, Geogeo. Maman a prévenu qu'on reprenait notre ancien mode de vie.

Elle conduisait mieux au retour.

— Waglio, tu te sens de passer le tunnel ? a demandé mon parrain.

Oui, elle se sentait de passer le tunnel.

Nous nous sommes arrêtés sur l'autoroute. Tout le monde était content de sortir la saucisse italienne et du provolone. Ma mère souriait à l'italienne. Elle parlait la bouche pleine de « crispelles ».

Nous avons retrouvé notre petit appartement du 88, rue du Bon-Pasteur. Le voisin nous a demandé si c'est nous qui avons mis la musique hier.

— Nous rentrons de vacances à l'instant.

Ma mère a montré nos valises.

Il n'a rien pu répondre devant les figures de ma mère et de mes deux sœurs qui étaient toutes noires, je m'en rendais compte, en comparaison avec monsieur Aunette.

Quand maman a ouvert la porte de notre appartement, Corinne a hésité à entrer. Elle a d'abord écouté. Pierre était-il déjà là ?

Refusée ! Ma question est refusée. Nous sommes en réunion. Après le chapitre « Italie », nous arrivons au chapitre « peintre-plâtrier ».

— Mais qu'est-ce que ça peut faire tant qu'il n'habite pas ici ?

Je m'use à répéter cette question pour la centième fois.

Corinne ne veut rien entendre.

— Non, non et non ! elle répond pour la centième fois.

Elle pense que je veux réhabiliter le condamné sans qu'il purge sa peine.

Corinne est furieuse à cause de Pierre. On l'a vu presque tous les soirs du centre aéré. Depuis qu'on est rentrées d'Italie, on l'a vu, vu et revu. Il est venu hier, avant-hier, avant avant-hier, avant avant avant-hier, ça fait beaucoup ! C'est fini, les travaux. Les tiroirs glissent parfaitement. Les charnières des portes sont changées. Les portes du bureau s'ouvrent et se ferment normalement !

Qu'il dégage et qu'on n'entende plus jamais parler

de lui ! Voilà le verdict qu'a rendu notre tribunal. L'accusé et son avocate ne respectent pas la loi.

— Il ne t'a rien fait.

— Il ne manquerait plus que ça !

Les réponses de ma sœur sont décidément implacables.

— Si ça lui plaît, à maman, d'avoir un copain...

Aïe, aïe, aïe... Ma langue a fourché. J'ai prononcé le mot que j'évitais depuis le début de la réunion. J'ai formulé l'éventualité que notre mère puisse avoir un copain. C'est pire que tout.

Corinne me fusille du regard. Elle ne voulait pas savoir ça, de près ou de loin. Même si c'est très clair, elle ne voulait pas qu'on le lui dise. Le dire, c'était déjà l'admettre. Prononcer ces mots, c'était déjà valider cette monstruosité. Corinne a les oreilles en sang par ma faute. Comment maman pouvait-elle être assez méchante pour avoir un copain ? C'était ça la question maintenant. Notre vie allait changer.

Corinne met du temps avant de récupérer ses esprits. Ses oreilles la font souffrir. L'image qui vient de s'associer à mes mots lui déchire la langue, la gorge et le cœur.

— Ça ne sera plus jamais pareil... elle finit par articuler dans sa douleur.

— Eh ben tant mieux ! Je soigne le mal par le mal. Ça suffisait comme ça.

— Tu vas voir, il va venir de plus en plus, et puis un jour... il s'installera ici.

Oh, que je serais contente malgré ses cheveux noirs ! j'ai envie de le lui dire.

Je ne peux pas l'avouer à des oreilles qui saignent déjà beaucoup trop. Je ne peux pas crucifier ma sœur aînée qui a déjà une main clouée par notre mère. Un léger sourire me trahit. Ma grande sœur vient d'apercevoir ce tout petit sourire.

— Tu serais contente, toi, si maman se remariait avec lui ?

Oui, avec n'importe qui je serais ravie ! Que le premier qui passe soit béni ! Je lui ouvre mes bras ! Lui ou un autre, je m'en fiche ! Qu'elle se remarie et qu'elle soit des parents comme les autres. Aux anniversaires, je n'aurais plus à danser de slow avec elle. On n'aurait plus besoin de surveiller si elle est triste ou non. Ce ne serait plus notre faute. Ce serait sa faute à lui ! On pourrait l'accuser. Nous, on serait seulement les enfants. On s'en foutrait complètement ! Il saurait sûrement conduire. On se ferait plus klaxonner par les autres voitures. Pour lui, on n'aurait pas la honte. Le voisin ne nous regarderait plus de la même manière. Kader ne me ferait plus tomber. J'aurais le droit de « faire le con » ! Les hommes, ils aiment que les enfants fassent les cons ! Je sais aussi bien que mes sœurs que c'est impossible. Notre mère n'aura jamais de mari. Notre mère n'est pas une mère à mari. Elle sera, au mieux, une mère à copain qui fuira quand il verra trois filles. Je ne dis rien de tout ça.

— Ben... Je m'en fiche.

— Tu t'en fiches ?

Ses yeux roulent de terreur.

— Et toi ?

Georgette baisse la tête.

— Non ! Je m'en fiche pas ! Je ne veux pas qu'elle se remarie !

Georgette va bientôt pleurer devant le désarroi de sa sœur aînée.

— Pour l'instant, c'est seulement son copain... Il y a dans cette réplique une promesse de ne pas en rester là. La décision est prise par deux membres sur trois de notre bataillon. Majorité absolue. Option validée. Notre bataillon fera capoter l'affaire dès qu'il en aura la possibilité.

La possibilité ne tardera pas, c'est certain. Maman ne fera rien sans nous consulter. L'affaire va capoter. Notre mère ne sera pas une femme à copain. Elle sera notre mère divorcée du blond qui lui a laissé trois petites filles.

La porte d'entrée qui s'ouvre laisse entendre les pas de deux personnes. Fin de réunion.

Je cours à ma partie de bureau, Georgette à la sienne, Corinne dans sa partie de chambre.

— Bonsoir les filles !

La voix trop guillerette de notre mère résonne dans le couloir.

Personne ne bronche. Maman ouvre la porte de notre chambre. Elle sourit trop. Ça cache mal son malaise.

— Ça va, les filles ?

Sa voix est trop enjouée, trop haut perchée. Ça cache mal sa gêne.

Si maman se montre si faible face à notre bataillon, si la brèche est si large, la tête du régiment va s'engouffrer dedans comme une tornade. L'affaire capotera avant même d'avoir existé.

140

— Oui, je finis par répondre. Ça la fout mal, ce silence.

Ma mère éclate de rire. Elle est si contente que sa figure est toute ratatinée. Sa bouche est complètement tirée des deux côtés de sa figure. C'est trop grand comme sourire, ça la ratatine.

— Et Corinne ?

Elle le fait exprès, ma parole ? Dessine une cible pour qu'on puisse tirer dans le mille ! j'ai envie de lui dire. C'est elle qui va faire capoter l'affaire.

— Elle révise ses maths.

Je lance une pique pour détourner l'attention.

Maman rigole comme si elle regardait « Au théâtre ce soir ».

Maman ne semble toujours pas satisfaite. Nous ressemblons pourtant à s'y méprendre à des gravures de miss Péticoat. Des petites filles modèles dessinées par une Anglaise sur les cartes postales. Cette situation est incompréhensible. Ma mère fait le contraire de ce qu'elle devrait faire.

Ferme cette porte avant que la tête de notre régiment ne se réveille ! Je vais bientôt la prévenir.

Personne n'a bronché. Dans le sourire de maman, il y avait comme une demande de connivence : « C'est pas gagné, les filles, alors pas d'écart. »

Le moindre écart aurait tout fait capoter. Il aurait suffi d'un rien ! Pas une des trois n'a bougé.

Notre mère a compris : Corinne ne sera jamais impolie de manière frontale. « L'écart » ne se produira pas.

— Pi... Pi... Pierre est là. Vous... Vous... Vous dites bonjour ?

J'imagine la douleur de ma sœur aînée. Comme une gifle silencieuse. L'assistante des autorités vient de se faire limoger. Les autorités se séparent de notre commandante un peu rapidement à mon goût.

— Non... Non... Non... On... On... On va lui dire *buona notte* ! Et... Et... Et... Arrivederci Pipi Pipi-Pierre !

Ma mère éclate de rire, alors qu'elle devrait s'énerver contre moi.

— Oh là là, ma numéro deux, je t'avais dit, c'est ma petite rebelle !

Quand ma mère me traite de numéro deux, quand elle me file un titre, ça me fout les boules. Elle fait ça quand elle pense que je prépare un sale coup. Si je n'ai pas de sale coup en préparation, j'en invente un immédiatement. « Ma numéro deux, ma petite rebelle, mon garçon manqué. » Elle annonce la couleur. Comme ça personne ne sera surpris avec tout ce que je pourrais inventer comme âneries par la suite. Il serait plus judicieux d'annoncer : « Celle-ci, c'est ma débile », parce que je peux inventer mieux que ce qu'elle imagine !

« Tu ne devrais pas réagir comme ça. Tu lui donnes raison », m'a dit Corinne plusieurs fois.

Je sais, mais c'est viscéral.

Je quitte mon bureau. Je m'approche du Français brun.

Je me plante devant lui, je le regarde droit dans les yeux. Il sourit faiblement.

— Fais voir ta montre ?

Il fait voir.

— Trop pourrie... Viens, on se bat. Si je gagne,
tu me la donnes.

Je lui fonce dessus. Je suis déchaînée. Sous l'œil
attendri de maman, Pipi-Pierre et moi commençons
un match de boxe qui nous entraîne dans le couloir.
Un coup de poing par là. Il me soulève de terre. Il ne
joue pas le jeu ! Il ne respecte pas les règles ! Il ne
se bat pas ! Il prend garde de ne pas me faire mal. Je
tape de plus en plus fort. Puisqu'il refuse le combat,
je vais gagner. C'est son problème. Je lui envoie un
marron en pleine face ! Gagné ! Il me lâche. Le gros
balèze se tient le pif à deux mains. Dernier acte et
fin de la pièce de boulevard. Maman n'est plus éclatée
de rire, elle tire la tronche.

— Ça va, Pierre ?

Il ne dit plus rien. Pipi-Pierre et maman se dirigent
vers la salle de bains.

— J'ai gagné ! je lui lance.

Faudrait pas oublier de me filer la montre, même
pourrie. Ma mère a les yeux exorbités. Ce n'est plus
« Au théâtre ce soir », mais *Le Corniaud*. Actrice
principale : sa numéro deux.

Je la regarde avec mon air le plus niais possible.
Ben quoi ? C'est bien ce que tu lui as expliqué, il y a
quelques minutes ? j'aimerais signaler.

Ils disparaissent. Le brun ne me file pas la montre
malgré sa défaite. Il va se faire soigner le tarin par
maman.

Je retourne à ma place. Corinne se lève sans bruit.

— Tu lui as cassé la gueule ? elle me demande tout bas.

Je suis fière devant mes deux sœurs.

— Ouais, je réponds d'un air désabusé.

Corinne sourit enfin. Georgette se plaque les mains contre la bouche pour ne pas éclater de rire trop fort. Ce serait une insulte supplémentaire après la correction que j'ai filée à Pipi-Pierre.

J'ai ridiculisé le copain de maman. Il sait maintenant à quoi s'en tenir.

— Il ne m'a pas filé la montre.

Georgette éclate de rire.

Ça siffle à tout-va dans la cuisine. Maman doit être vraiment mal à l'aise. Elle prépare le dîner.

— Tu ferais mieux de finir tes devoirs plutôt que de dessiner.

Corinne voudrait remettre un peu d'ordre dans cette maison.

— Et toi ? T'as fini tes maths ?

Elle me lâche.

Je dessine, et la plus petite a quitté sa place.

— Où est Geogeo ?

Elle va s'en prendre à l'autre. Je hausse les épaules. M'en fous complètement.

Corinne fronce les sourcils : un des membres de notre bataillon ne tient pas sa place quand l'ennemi se trouve sur notre territoire ! Malgré mon poing dans le pif, le balèze est revenu. Un nul. Malgré les moqueries de mon parrain l'autre jour, il ne s'est pas énervé. Un vrai dégonflard.

— C'est quoi, ce porte-slip ? a dit mon parrain en voyant le copain de ma mère.

Super-marrant.

145

Heureusement que ma marraine l'a invité à rentrer, sinon Pipi-Pierre restait à la porte.

— C'est tout ce que tu nous as attrapé comme lascar ?

Il a posé la question à ma mère qui souriait largement sous le nez de Pierre pour lui faire comprendre que c'était drôle.

Pierre essayait de sourire aussi. Une vraie lopette.

Corinne quitte la chambre. Le plus doucement possible, elle se déplace dans le couloir. Excepté le sifflet lointain, incessant, du rossignol, aucun bruit. Je tends l'oreille. Après quelques secondes : rien. Ben, elles ont disparu ? Corinne n'a pas trouvé Georgette ? Il y a désormais un trou dans le couloir ? Elles sont tombées dedans ?

Il se trame quelque chose, c'est évident. Je me lève à mon tour.

Je m'avance de façon à ne pas alerter les autorités joyeuses.

Au bout du couloir, devant la porte de la chambre ouverte de notre mère, Georgette se tient droite sur ses petites jambes tendues. Son regard est fixe. Corinne se tient derrière elle. Elles ressemblent à des spectateurs. Je viens prendre part au spectacle.

C'est Pipi-Pierre qui fait le spectacle dans la chambre de maman. Sous l'œil de l'inquisition, sous l'œil de la commandante et maintenant sous l'œil de la numéro deux ahurie, il range des mouchoirs dans le placard de maman. Il n'est pas à l'aise devant son public. Il ne tourne pas la tête vers l'encadrement de la porte dans laquelle nous nous tenons serrées les unes contre les autres. Nos trois têtes bougent au rythme des cravates que Pipi-Pierre sort de sa valise. Les six yeux suivent les chemises qui sont extirpées du sac de voyage et placées à côté des chemisiers de notre mère. Pipi-Pierre nous surveille du coin de l'œil. Il a peur qu'on lui saute au pif. Il se l'est déjà fait bousiller une fois, alors merci bien ! Il prend soin de plier ses gros pantalons contre son torse.

Lentement, les vêtements sont glissés dans le placard de maman. Il hésite avec les chaussettes retournées en grosses boules. Il inspecte le placard. Il se décide. Il pousse très lentement le carton à chaussures qui contient les gants de maman. Il dégage de la place pour ses affaires. Ses chaussettes seront à côté des gants de notre mère.

Nous sommes restées plantées jusqu'à ce que la valise et le sac de voyage soient vidés de leur contenu et cachés sous le lit de notre mère.

Le rossignol sifflait « à qui mieux mieux » dans la cuisine. Le rossignol s'est mis à tonitruer.

— À table !

Une invitation festive dans cette ambiance de veillée funèbre.

Nous avons poussé la porte de la cuisine. Une fête incongrue se déroulait avec un seul convive.

— Riz au safran et filets de colin !

Nous avons pris nos places machinalement. Je me suis installée à droite de la table en formica. Georgette en face de moi. Corinne à ma gauche.

Lentement, Pierre, qui avait déjà ses pieds dans des savates toutes neuves, est entré dans la cuisine sans lever la tête. Il a pris la place de notre mère, en face de Corinne, à côté de Georgette.

Maman dînera désormais en bout de table, sur la rallonge du plateau devenu trop petit pour cinq personnes.

Le rossignol n'a sifflé que quelques instants. Son entrain s'est évanoui aussi rapidement que les larmes ont submergé Corinne.

Devant les filets de colin, devant le riz au safran, devant Pierre qui ne bougeait pas un cil, Corinne et Georgette se sont effondrées.

Le rossignol a baissé la tête. Notre mère a relevé la sienne. Elle a repris son rôle en un rien de temps. Les autorités n'ont pas réfléchi avant d'opter pour une séparation d'intérêts. Les autorités n'ont pas négocié avec le tribunal qui a prononcé une sentence rapide, immature, néanmoins douloureuse. Les autorités acculées ont prononcé des mots inoubliables, des lois irrévocables. Elles ont radicalisé des relations à jamais foutues. Les autorités ont cédé. Elles ont rapidement décidé d'éviter l'échauffourée, la mutinerie : un mur serait dressé, qui protégerait les deux parties déclarées ennemies à jamais. La guerre froide était en marche dans notre petit appartement du 88, rue du Bon-Pasteur, cinquième étage gauche.

Dans un silence de plomb, les autorités sont montées à la tribune.

— Pierre va partager ma vie. Pas la vôtre. Il n'est pas votre père, il ne le sera jamais. Il n'a rien à vous demander, et vous n'avez rien à lui demander. Si quelque chose ne va pas, c'est avec moi que vous le réglerez. Si un problème survient, vous êtes mes filles avant tout. Pierre ne vous adressera pas la parole si vous ne le souhaitez pas.

Notre mère devenait le check-point entre deux populations. Tout échange passerait par elle. La rupture était prononcée. J'allais devenir le téléphone rouge.

Après ces déclarations solennelles, les populations ont médité en silence. Les pleurs qui annonçaient une guerre se sont taris. Les sentiments s'organisaient tant bien que mal.

Pierre se tenait dos aux autorités. Les populations regardaient déjà dans des directions opposées. Corinne et Georgette fixaient maman. Je naviguais entre les deux parties. Mon camp était choisi, je ne revenais pas dessus. Pourtant, l'ennemi qui me faisait face encore quelques instants m'intriguait.

« Il ne peut pas vivre hors du territoire qui n'a pas d'extension. Le mur n'existera jamais, mais il semble déjà si palpable. » J'observais la tête de celui qui serait là sans avoir aucun droit. « Il habitera ici, ce ne sera jamais chez lui. » Étranger, l'asile qui t'est accordé sera lourd de dettes à payer.

Il n'a pas le droit de s'adresser à celles qui partageront désormais son couloir, sa cuisine, sa salle de bains et ses toilettes.

Étranger, tu vas devoir vivre sans exister. Les clés qui te sont confiées te sont prêtées, ne l'oublie jamais. Les autorités te reconduiront à la frontière si tu ne respectes pas les lois à la lettre.

Les autorités sont redescendues de la tribune. Une affaire rondement menée. Notre mère s'est assise à sa nouvelle place : au bout de la table. Dans ce silence de crise diplomatique, notre mère s'est emparée de son couteau et de sa fourchette.

— Bon appétit tout le monde !

Elle était seule à avoir de l'entrain. Nous étions abasourdies. Nous contemplions nos filets de colin, notre riz au safran, qui n'avaient pas l'air plus appétissants dans une assiette que dans l'autre.

Comment cet homme a-t-il fait pour ne pas se lever d'un bond, reprendre ses chaussettes, ses gros pantalons, ses mouchoirs, et filer ?

— C'est un profiteur ! me hurle la commandante à la réunion qui suit. Il ne sait pas où aller ! T'as bien vu avec ton parrain ! Il n'a pas bronché, alors qu'il se faisait sans cesse rabaisser !

C'est vrai, c'était curieux chez mon parrain l'autre jour... Maman l'a présenté comme un « ami », mais mon oncle a tout de suite compris de quoi il s'agissait.

— Ça la rassure ! Ça se saura qu'il y a un homme dans la maison ! Selon elle, celui de la photo renoncera à venir frapper à la porte s'« Il » sait qu'un homme se tient derrière !

— Et mon parrain ? C'est de la gnognotte ?

— Il habite loin.

— Il y a Angèle qui est tout près.

— Ça ne l'a jamais arrêté.

— Il y a papi, mamie, toute la famille !

— Justement, maman en a marre d'être secondée par la famille. Elle veut se débrouiller seule, mettre fin à toute cette histoire. Elle l'a emmené chez ton parrain pour que ce soit officiel !

— Et nous n'avons rien compris...

— Parle pour toi ! Georgette et moi en étions sûres. Décidément, je suis lente à l'allumage...

— Fais voir la photo, je demande.

Je veux encore regarder celui qui manipule notre vie à distance. Celui qui est venu frapper chez nous à plusieurs reprises et que je n'ai pourtant jamais vu.

Un cérémonial. Corinne ouvre son secrétaire. D'entre les pages du livre de Stendhal, elle tire la photo.

L'homme sourit à l'objectif. Ses yeux clairs semblent timides. Sa main n'est toujours pas sortie de cette poche.

— Tu lui ressembles tellement, ça échappe à Corinne.

Je ne réponds pas à ce que je prends comme une insulte.

— Pardon. Ce n'est pas ce que je voulais dire.

Je regarde la photo. Ils ont tous raison. Je m'efforce de ressembler à mon parrain... je ressemble à la photo comme deux gouttes d'eau.

— C'était pas un profiteur puisqu'« Il » est parti !

Qu'est-ce que j'ai dit de mal ? La tête de la commandante m'annonce que je suis mal notée.

— Ben quoi ? c'est vrai ? S'« Il » est parti, c'est pour ne pas profiter peut-être ?

Je ne veux pas ressembler à la dernière roue du carrosse.

Je ne mérite pas d'explication tellement je dis n'importe quoi.

— C'est lui qui est parti ?

J'essaie par un autre angle d'obtenir une petite information.

— Non, je crois que c'est ton parrain qui lui a fait peur... ou... je ne sais pas... Mais quelqu'un lui a fait peur, c'est sûr.

— Qui t'a dit ça ?

— Je ne sais plus, je l'ai entendu.

— Alors, lui, c'est un peu mieux que Pierre ?

Bon, alors cette fois, j'en ai marre ! Qu'est-ce que j'ai dit de mal ?

— Mais t'es cinglée ? « Il » est fou, paraît-il.

Je ressemble donc à un fou.

— Qui t'a dit ça ?

— Je l'ai entendu.

— Tu l'as déjà vu, toi ?

— Oui, je m'en souviens très bien.

— T'avais quel âge ?

— Quatre ans et demi.

— T'as du pot, toi, moi je m'en souviens pas.

Bon, alors là, merde ! J'arrête de parler de ça, on dirait que je dis n'importe quoi dès que je l'ouvre. Si je ne dis que des idioties... Je vais dessiner celui qui lance le disque.

Pierre a très bien compris l'énoncé du problème, bien intégré les règles. Il les respecte. Corinne et lui s'échangent désormais l'espace qu'ils ne peuvent partager. Ils se cèdent les parties communes, au rythme de leurs allées et venues. Ils ne s'adressent jamais la parole, jamais un regard. Georgette est solidaire.

Si Pierre est présent quand Corinne rentre de l'école, elle file s'enfermer dans sa partie de chambre. Elle n'en sort qu'au retour de maman. Georgette est solidaire aussi sur ce point. De la même façon, si Corinne ou Georgette sont présentes quand il rentre, Pierre file s'enfermer dans la chambre du fond. Il n'en ressort qu'au retour de maman. S'il arrive alors que nous discutons, nous nous taisons. C'est une règle qui a été prise en réunion. Quand maman n'est pas là, la maison ne vit qu'à moitié.

Si je suis seule, alors c'est différent.

Je ne respecte aucune loi, aucune règle quand je suis seule. Je passe les frontières dans tous les sens, n'importe comment. Je traite avec l'ennemi et j'en tire un bénéfice non négligeable.

Pipi-Pierre et moi avons entrepris de construire une caisse en bois pour y ranger ma peinture et mes crayons qui traînent partout. Nous avons pris les dimensions pour que la caisse tienne sous mon bureau.

— Tu auras moins de place pour tes livres, il m'a dit.

Avec sa voiture, il m'a accompagnée. On ne s'est pas fait disputer par les autres conducteurs. On s'est pincés chaque fois qu'on croisait une deux Deuche verte. C'est maman qui a donné l'argent nécessaire. J'ai pu acheter les planches que Pierre choisissait pour moi.

— Celle-ci est trop fine. Tu vas la réduire en miettes en une minute, Brise-fer.

Il nous restait de l'argent, on a pu acheter des petits gonds et même une serrure rabat !

J'ai repéré de gros clous de tapissier magnifiques. Nous n'avions plus assez de sous. L'ennemi gagne à être connu : il me les a avancés ! Maman le remboursera, il a dit. Il m'a donné un surnom : Brise-fer. Ma boîte va être super. Je sautais de joie dans le magasin. J'ai remercié plusieurs fois.

Dans la cuisine, Pierre me tient la caisse que nous avons assemblée avec sa colle à bois.

— C'est toi qui vas clouer.

Il me prête son marteau.

Je m'applique. C'est la première fois qu'on me confie un marteau.

Nous faisons un boucan de tous les diables, le voisin n'intervient pas.

Maman fait ses comptes dans sa chambre.

— Dites, les filles ? Qui a pris les cinquante francs sous le réveille-matin ? on entend au milieu du boucan.

Je tourne la tête vers le réveille-matin. Les cinquante francs n'y sont plus. Maman laisse toujours un billet gris sous le réveille-matin en cas de problème.

— C'est pas moi ! je lance entre deux coups de marteau.

Je ne me débrouille pas si mal.

Un nouveau clou. Pierre me montre où enfoncer la pointe.

De notre chambre, on entend Corinne et Georgette hurler à leur tour.

— Moi non plus !

— Moi non plus !

Je tape de toutes mes forces. Les clous s'encastrent les uns après les autres dans le bois. Ma boîte a vraiment de l'allure.

— Alors c'est qui ? C'est le voisin ?

Maman insiste avec ses cinquante francs qui ont disparu.

Pierre et moi nous en fichons comme de notre première chemise. Nous peaufinons ma boîte.

Les autorités quittent l'administration. Elles partent enquêter sur le terrain. On a barboté cinquante francs. « Qui vole un œuf vole un bœuf. » Qui vole cinquante francs vole tout le troupeau. Maman se dirige vers notre chambre. Je l'entends discuter avec mes sœurs.

Encore trois clous.

— Sibylle, tu veux venir une seconde ?

Décidément, chaque fois que je m'amuse, on m'interrompt.

Je soupire.

— Je vais finir, me dit Pierre qui me comprend.

— Oui, je réponds avec regret.

J'aurais aimé finir moi-même, mais bon...

Dans notre chambre se tient une réunion d'un genre que je ne connaissais pas encore.

La réunion se tient à trois, mais sans moi. Je viens de m'afficher avec l'ennemi et je ne suis pas la bienvenue, on dirait.

— C'est toi qui as pris les cinquante francs du réveille-matin ?

Ma mère voudrait savoir si j'ai l'intention de kidnapper un troupeau de bœufs.

Elles sont sûres de leur fait : j'ai volé l'argent du réveille-matin.

— Non.

— Qui a pu voler cet argent à ton avis ?

Les trois m'épluchent des pieds à la tête. Ça ne peut pas être Corinne, tout le monde est d'accord là-dessus. Georgette, inenvisageable. Si ce n'est elles, c'est donc leur sœur. Elles vont se retrouver entourées de gros bestiaux dans les plus brefs délais avec celle-ci qui est déjà bien avancée sur « la mauvaise pente ».

— C'est pas moi ! J'avais même pas vu qu'ils n'y étaient plus, les cinquante francs !

Elles sont écœurées de voir avec quel aplomb je mens.

Tu peux dissimuler un billet de cinquante francs, mais comment feras-tu pour cacher ce que tu voleras bientôt ? je lis dans leurs regards. Je suis affligeante. Je ne pense jamais aux conséquences de mes actes.

— Faute avouée est à moitié pardonnée, me lance ma mère qui ne sait plus comment récupérer celle qui tourne mal.

Je n'ai rien à avouer. Rien à me faire à moitié pardonner, je n'ai pas pris ces cinquante francs.

— Je vous dis que ce n'est pas moi. J'en ai rien à foutre de vos cinquante balles ! Alors maintenant vous me lâchez la grappe !

La charretière a parlé. Ma mère me fonce dessus.

— J'en ai rien à quoi ? Vous me quoi ? Tu peux me répéter ce que tu viens de dire ?

Je ne peux pas répéter.

— Vous me quoi ?

Mon œil va flancher.

— Attention, toi, tu es vraiment sur un mauvais chemin ! Alors d'une, puisque tu mens, tu n'auras pas cette boîte, de deux, tu ne viendras pas avec nous chez ton parrain samedi ! Non mais dis donc... Rien à foutre... Vous me lâchez la grappe, on aura tout entendu !

Ma mère sort de notre chambre, ulcérée.

Je reste hallucinée quelques instants. Je m'assois à ma partie de bureau.

Mes deux sœurs ne savent plus quoi dire. Ben, vaut mieux qu'elles se la coincent. Elles ne m'ont pas soutenue.

— J'aimerais bien être une mouche pour voir comment ça va se passer chez mon parrain samedi !

Vengeance réussie, ça les fait trembler cinq minutes.

Elles sont maintenant partisanes de la présomption d'innocence.

— Chéri ? Tu ranges cette boîte, on entend ma mère dire à Pipi-Pierre.

Il obéit drôlement bien. Les coups de marteau s'arrêtent.

Je me tourne face au mur, assise à ma partie de bureau. Je me tiens loin de la frontière imaginée avec Georgette. Je ne veux même pas sentir sa présence.

Je sors ma trousse. Je vais dessiner.

— Je lui parlerai, me soupire Corinne qui va négocier mon sort à la cuisine.

Le calme est revenu. J'essuie une larme discrète avant de me mettre à l'œuvre. Ma mère ne pouvait pas trouver pire : ne pas m'emmener chez mon parrain samedi.

— Ça te dérange si je fais un peu la cuisine ?

Corinne ne sait pas comment aborder le sujet.

— Qu'est-ce que tu fabriques ?

— Je lave des carottes et des tomates.

— Le menu ne te plaît pas ?

J'entends au loin Corinne parler avec maman. Elle n'arrivera pas à faire lever ma punition.

— Faut qu'on fasse attention à ce qu'on mange.

— Si tu veux bien, tu me laisses juge de ce qui est bon pour mes filles.

— On n'a pas envie d'avoir de grosses cuisses.

— Il y a de la marge.

— Non ! Pas tant que ça. Jacinthe mange jamais d'huile. Je ressemble à un hippopotame à côté d'elle.

— Oui, tu as raison, elle a l'air malade. On dirait un squelette. Pourquoi ça mousse ?

— C'est du Mir.

— Tu laves les carottes et les tomates au Mir ? On aura tout vu !

— Elles sont pleines de terre.

— Les plaisanteries les plus courtes sont les meilleures. Tu me jettes cette carotte immédiatement. Tu vas t'empoisonner.

— Tu fais bien la vaisselle avec. Ça ne nous empêche pas de manger dans les assiettes.

— La vaisselle se rince ! On ne lave pas les légumes au liquide vaisselle.

— Les tomates, c'est pas des légumes.

— Légumes ou pas, je te dis que ça ne se lave pas au Mir.

— Jacinthe va le passer... le concours.

La copine de Corinne va devenir rat. Sa mère estime qu'une fille danseuse, c'est raffiné.

— Très bien, je suis ravie pour elle. Moi, je ne veux pas que ma fille devienne danseuse.

— Moi aussi, je veux passer le concours.

— On en a déjà parlé, il me semble. Ce n'est pas une vie pour une petite fille. Quand tu seras grande, tu feras ce que tu voudras. Tant que tu seras sous mon toit, tu mangeras ce que je mettrai dans ton assiette et tu iras à l'école où je t'ai inscrite. Elle n'est pas si mal, tu sais déjà tout sur les tomates.

— Quand je serai grande ? Je suis déjà grande !

— Pas assez pour décider seule.

— Ce sera trop tard ! Les danseuses commencent

toutes petites ! Je serai bientôt trop grande pour passer le concours !

Maman ne veut rien entendre. Elle ne veut pas que Corinne passe le concours de l'Opéra.

— Ça sert à quoi que je suive des cours de danse depuis cinq ans ? J'ai jamais fait de pointe !

— Eh bien, tu n'as qu'à plus y aller.

Maman en a marre de cette discussion, elle voudrait finir ses comptes.

— Fin de polémique. Non, c'est non. Et ce soir, tu vas me faire le plaisir d'avaler autre chose qu'une demi-carotte et une tranche de tomate ! Et tu laisses tes sœurs manger ce que je pose sur la table !

Le ton monte dans la cuisine.

Qu'est-ce qu'il prend à Corinne ? C'est la première fois que je l'entends se disputer avec maman...

— Toute façon, on n'a jamais rien le droit de faire ! On a juste le droit d'aller à l'école et de faire nos devoirs ! La mère de Jacinthe, elle fait de la danse ! C'est pour ça qu'elle comprend sa fille ! Toi, t'en fais pas ! Pourquoi t'en fais pas ?

— Tu ne trouves pas que j'aie assez à faire ?

— La mère de Jacinthe, elle a deux enfants ! Elle va à la danse, elle va au cinéma ! Elle lit plein de livres !

— Tu n'as qu'à aller chez Jacinthe, si c'est mieux qu'ici !

— Tu sais ce qu'elle dit, la mère de Jacinthe ?

— Non, et je me fiche de ce qui se passe chez les autres.

— Elle dit que Sibylle fait n'importe quoi parce qu'elle a pas de quoi se défouler !

160

— Dis donc ! Tu vas expliquer à la mère de Jacinthe qu'elle ferait mieux de s'occuper de la poutre qu'elle a dans l'œil plutôt que de la paille qu'il y a dans le mien !

Maman est en train de perdre son sang-froid.

— Et je te conseille de changer de sujet. Sibylle ne fait pas judo parce qu'elle t'accompagne à la danse, je te rappelle !... Sibylle ? Sibylle ?

Tu vas voir que ça va me retomber sur le coin de la gueule. C'est pas moi qui lui ai demandé de remettre ça sur le tapis ! Je dois lâcher mon dessin... Décidément, chaque fois que je fais quelque chose que j'aime...

Quand je me présente à la porte de la cuisine, je vois que Corinne et maman ne sont plus d'accord sur rien.

— Sibylle ? Ça te ferait plaisir d'aller au judo ?

Hein ? Quoi ? Qu'est-ce qu'il prend à ma mère ? Elle n'a jamais voulu m'inscrire au judo.

— Ben... oui.

— Très bien, pendant que ta sœur aînée ira à la danse classique, tu pourras aller au judo si le cœur t'en dit. Sur ce, je vais finir mes comptes.

Ma mère nous plante, Corinne et moi, dans la cuisine.

Mais le cœur m'en dit ! Le cœur m'en tabasse la poitrine de contentement ! Je ne sais pas par quelle opération du Saint-Esprit ma mère vient d'avoir cette idée, mais c'est l'une des meilleures qu'elle ait eue, me concernant depuis... depuis... qu'elle m'a acheté une nouvelle robe de chambre.

— T'es dégueulasse !

Corinne devient cinglée. Je ne comprends rien. Rien du tout.

Je regarde Corinne qui ressemble à une chouette.

— T'es vraiment... toute petite comme ça.

Elle écarte son pouce et son index d'à peine un centimètre.

Alors là, moi, j'en ai marre !

— Qu'est-ce que t'as ? Tu veux que je te foute un coup de pied ? je lui demande direct.

— Sibylle, tu peux retourner à ton dessin, me demande maman en revenant aussi vite qu'elle est partie.

Je dois quitter la cuisine, c'est un ordre. Toute façon, ça craint dans la cuisine aujourd'hui...

Je dessine depuis un bon moment. Je dessine celui qui tient le monde sur ses épaules. J'ai complètement oublié où j'étais, je me rends compte, quand j'entends la voix de ma mère dans mon dos.

— Si tu veux le voir, il n'y a aucun problème.

Alors, là, merde ! J'ai rien dit, rien fait. Leur réunion est finie ? Je me retourne pour constater que je ne suis pas au cœur de ce nouveau conflit.

Qu'est-ce qui se passe encore ? Ce n'est pas à moi qu'elle s'adresse, c'est Georgette, le problème.

Georgette est rouge pivoine. Elle pousse un peu son tiroir qui semble renfermer le sujet de la conversation. Corinne n'en perd pas une miette, elle se pointe à la ligne de démarcation. C'est elle qui a piqué les cinquante balles, ma parole ?

— Ça te ferait plaisir que je l'appelle ? demande ma mère.

Ça ne colle pas. Je regarde Corinne interloquée. L'Oreille en coin non plus n'a pas l'air d'être très au fait de ce qui se passe.

— Qu'est-ce qu'il y a ?

Cette fois, Corinne est décidée à aider.

— Georgette ? Veux-tu que je garde ce secret ? Libre à toi.

Je sens un danger imminent dans la voix de ma mère. Ça craint dans la chambre maintenant. Georgette hoche la tête. Elle veut garder le secret. Elle est en danger. C'est le premier secret entre nous trois. Les habitudes ne changent pas, elles sont écrabouillées ! Corinne est soufflée, je nage en pleine confusion. Depuis l'Italie, moi, de toute façon...

Je ne sais plus qui est qui par rapport à l'autre. Qui fait quoi, comment, par rapport à quoi. Je ne suis même plus sûre d'être le « garçon manqué » de la famille.

Maman se tourne vers moi.

— Sibylle, toutes mes excuses, j'ai retrouvé les cinquante francs.

Elle me tend la boîte, sur laquelle il manque deux clous.

— Je peux venir samedi ?

Si je m'étais attendue à cette réaction, je n'aurais jamais posé la question !

— Qu'est-ce qu'il y a ? Vous n'êtes pas heureuses ici ? elle se met à vociférer.

Elle est à bout de nerfs.

— Si quelque chose ne va pas, on peut très bien régler la situation ! Alors ? Je vous écoute.

Elle n'écoute rien du tout parce que nous ne disons rien. Nous la fixons avec des yeux de poissons crevés tellement nous nous demandons quelle mouche l'a piquée. Georgette, de plus en plus cramoisie, se tient toujours silencieuse, la tête dans son tiroir.

Notre mère n'y tient plus. Elle attrape une crise.

— On leur donne tout ! De vraies petites princesses ! Elles ne sont jamais satisfaites ! elle beugle.

Elle quitte la chambre en arrachant presque notre porte.

— Je ne veux plus entendre parler de judo, la danse le mercredi après-midi, c'est tout ce que je peux vous offrir. Le roi du monde ne peut offrir que ce qu'il a !

Elle s'en fiche du voisin. Elle tape du talon sur le carrelage du couloir.

— Chéri ! On va faire un tour !

Il obéit drôlement bien, on entend le placard qui s'ouvre, les vêtements enfilés au quart de tour, les clés attrapées à la volée. Elle était si énervée... Nous avons cru qu'elle allait en « prendre une pour taper sur l'autre ».

Georgette relève la tête, honteuse. Elle ouvre enfin le tiroir qui a énervé maman avant que je ne termine le boulot. La photo du livre de Stendhal se trouve dans son tiroir.

Georgette n'a pas volé les cinquante francs, elle a volé la photo. Quand maman est entrée dans la chambre pour me rendre ma boîte, Georgette regardait la

164

photo qui sourit. La photo qui sourit a mis maman dans cet état.

La réunion qui suit se déroule dans le plus grand calme. Ce n'est pas grave ce qu'a fait Geogeo. Corinne avoue l'avoir regardée en cachette. Oui, moi aussi, j'admets.

— J'allais la reposer, je vous le jure.

Oui, nous la croyons. Ce qui est plus grave, c'est que maman a vu la photo. La pauvre, elle se donne du mal pour nous, et nous on « remue le couteau dans la plaie ». « Remue le couteau dans la plaie », c'est ce que m'a dit ma tante quand j'ai demandé pourquoi on n'avait jamais vu cet homme. La plaie de maman est très grande, et nous faisons tout pour lui remuer le couteau dedans. Nous gardons la photo de celui dont on ne parle jamais. Celui qui terrorise tout le monde à distance était dans le tiroir de Georgette.

Notre mère sue sang et eau pour s'en sortir. Notre mère essaye de passer l'éponge. Elle mérite une autre vie. Elle a mangé son pain noir, elle désire du pain blanc. Voilà qu'on vient de lui mettre du pain noir et moisi sous le nez. Non, dès qu'elle monte une marche, celle d'après s'écroule. Nous ne sommes pas très fières.

— Qu'est-ce qu'on va faire ?

— Faut être sympa avec Pierre.

— Ça arrangerait quoi ?

— Ça arrangerait qu'elle aurait du pain blanc...

— T'appelles ça du pain blanc, toi ? C'est lui qui a piqué les cinquante balles.

— Oui, je crois. Je me souviens maintenant que

nous avons payé les clous avec un billet gris plié en
deux, comme celui qui était sous le réveille-matin. Il
les a rendus, puisque maman les a retrouvés. C'est
du pain marron.

— On s'en fout de lui.

— Du pain marron, c'est quand même mieux que
du pain noir ? Mieux que pas de pain du tout ?

— T'es conne ou quoi ?

— Tu vas voir que ça va être de ma faute...

— Un franc soixante-dix de réduction pour un couscous prêt en cinq minutes ! Un quatre-vingts à valoir immédiatement à la caisse pour un taboulé prêt en quatre minutes ! On n'hésite pas ! On n'hésite pas devant une telle offre ! On fonce sur les économies !

Je brandis des bons de réduction à la consommation.

J'ai trouvé du boulot ! J'ai trouvé du boulot ! J'ai une adresse ! Rue du Champ-de-l'Alouette Paris ! Je peux payer mon loyer. J'ai rempli la fiche de renseignements. Profession de la mère : comptable. Profession du père : mort. La caution a été acceptée.

— Trop beau, ton adresse !

À la fin du mois, j'aurai une fiche de paie ! Je suis une Parisienne ! Je travaille, j'habite, je dors, je me réveille à Paris !

La dame qui recrutait m'a demandé :

— Vous avez une voiture ?

— Oui !

— Vous pouvez vous déplacer ? Douze kilomètres ?

— Avec ma 205 junior, je peux aller au bout du monde !

— Le travail ne vous fait pas peur ?

— Non.

— Parfait, j'ai un emploi pour vous. Vous ferez l'anim'.

Ça voulait dire l'animation, j'ai tout de suite compris.

— Oui.

— Vous travaillerez le jeudi, le vendredi et le samedi de huit heures trente à dix-neuf heures trente.

— D'accord.

— C'est payé cinquante centimes au-dessus du tarif syndical.

Whoua ! Le pactole ! J'avais envie de l'embrasser.

— Le déjeuner est à nos frais.

Je savais qu'à Paris tout était possible !

On m'a remis le costume.

Je serai une boîte de couscous en tête de gondole du supermarché.

— Un franc soixante-dix de réduction pour un couscous prêt en cinq minutes !

J'avais l'air un peu con, mais bon...

Ça va réconforter mes sœurs qui pensent que Paris, c'est trop loin de Lyon. J'avais hâte de leur apprendre la nouvelle.

— C'est à deux heures de TGV ! C'est pas loin, je leur ai dit en partant.

— T'as vu combien coûte un billet ?

— Ouais... Je vais trouver du boulot. Je pourrai me payer le train, t'inquiète.

Je tenais ma promesse. J'avais trouvé du boulot !

J'offrais des bons de réduction pour une marque de couscous et de taboulé, à douze kilomètres de Paris, dans une banlieue presque entièrement habitée par des familles issues de l'immigration maghrébine. J'étais très fière.

J'ai appelé Corinne et Georgette.

— Les Maghrébines ne t'achèteront jamais du couscous en boîte ! Elles le font elles-mêmes !

— C'est pour ça que je suis là.

— T'en vends ?

— Pour me faire plaisir, il y en a une ou deux qui me prennent une boîte... « Au cas où il y a la guerre un jour, une dame m'a dit. Je te la prends, ta conserve »...

— Ma pauvre... C'est pas trop dur ?

— T'es payée à la commission ?

— Non ! Non ! J'ai un fixe. C'est un job ! Un vrai job ! Avec feuille de salaire et tout ! Je gagne ma vie ! je leur hurlais dans les oreilles.

Je ne voulais pas qu'elles se remettent à flipper.

Ça faisait trois semaines que j'avais quitté Lyon. Notre dernière réunion avait été terrible. Nous avions l'air de redouter un cataclysme. Plus jamais nous ne nous reverrions.

— Bon, ça va ! C'est pas la mort, deux heures de TGV.

Je voulais relativiser notre tristesse. J'étais aussi triste qu'elles, mais ma décision était prise : j'allais à Paris.

169

Mes deux sœurs n'en revenaient pas au téléphone. Sibylle était une Parisienne.

— T'as visité le Louvre ?

— Non, pas encore.

— T'as visité Orsay ?

— Non, pas encore.

— Tu vois la tour Eiffel de chez toi ?

— Non.

— T'es allée à Versailles ?

— Pas encore. On ira quand vous viendrez !

— Ouais !

On gueulait toutes les trois dans le téléphone.

On a décidé : je viendrai une fois par mois, elles « monteront » pour les vacances.

— Des vacances à Paris, elles se mouchent pas avec les coudes, vos filles, madame Di Baggio, a dit monsieur Aunette à ma mère.

Depuis que sa femme est morte, que son fils est devenu pédé et que tous les habitants de l'immeuble lui tournent le dos, il aime bien ma mère, monsieur Aunette. À part Fachotte et elle, il ne connaît plus personne... « Il n'en reste plus beaucoup rue du Bon-Pasteur. Faut dire que les loyers ont tellement augmenté... Remarquez, ça fait une sélection quand même... »

Si ma mère avait réussi le test de la sélection par l'argent, alors, on pouvait lui parler... Maman se limitait au strict minimum.

— Elle leur parle ?

— Ben... Le moins possible, mais qu'est-ce que tu veux ? Elle ne peut pas passer sa vie à s'engueuler avec eux, c'est ses voisins, depuis vingt ans...

Pauvre Geogeo qui va se retrouver toute seule avec Pipi-Pierre et maman...

— Elle pleure tout le temps, m'a avoué Corinne.

— Faudrait pas qu'elle rate son bac de français quand même. T'es sûre que tu veux prendre un appart ?

— Ah, ouais, moi j'en peux plus de lui ! Dix ans qu'on se le tape, merci !

— Il est gentil quand même...

— C'est pas moi qui l'ai appelé Pipi-Pierre !

Ça m'a fait marrer.

Dans neuf jours les vacances !

— C'est classe ! répétaient mes sœurs en sortant du métro.

Je n'ai pas pu aller les chercher à la gare en voiture, je me suis fait voler ma 205 vendredi.

— Qui t'a volé ta voiture ? m'a demandé ma mère au téléphone.

— Si je le savais, je la reprendrais ! Elle était garée sous le métro aérien à côté de chez moi. Tu sais ce qu'ils m'ont dit, à la police ?

— Non ?

— C'est la voiture la plus volée de l'année.

— Ah bon, il y a aussi une mode dans le vol de voiture ?

Ma mère était sidérée autant que moi.

— Si je volais une voiture, je ne choisirais pas une poubelle de dix ans avec cent cinquante mille kilomètres au compteur et une carrosserie à faire vomir un porc !

— Dis-moi, elle n'avait pas des sièges en jeans, ta voiture ?

— Si.

— Ben voilà, cherche pas.

— Tu crois qu'ils voulaient se faire des pantalons avec mes sièges ?

Malgré ma voiture volée, j'étais contente de ma nouvelle vie.

— Comment tu fais pour ton boulot ?

— Une heure de RER.

— Qu'est-ce que c'est que ça ?

— Un métro qui va plus loin.

— Un train ?

— Non, un RER... Le plus compliqué, c'est pour le restau...

— Le soir, après le service, les patrons te raccompagnent ?

Ma mère ne voulait pas voir que j'étais devenue adulte.

— Oui, ils me bordent quand je me couche. Non, le soir, je prends un taxi.

— Je ne veux pas te savoir dans le métro à une heure du matin !

— De toute façon, je crois que je vais arrêter. Le taxi me coûte aussi cher que ce que je gagne dans la soirée... Je trouverai autre chose.

— Tu arrives à suivre tes cours quand même ?

— Oui.

— Tu crois que tu pourras en vivre un jour ?

— ...

— Remarque, tu pourras toujours enseigner ?

— Mouaiche...

Ma mère est bloquée sur l'enseignement. « Si j'avais pu, j'aurais voulu être professeur », elle nous a souvent dit. Elle est contente, Corinne veut devenir professeur de philo. Ses deux premières années de fac sont une réussite. Elle va prendre un appart, elle sera prof. Georgette veut devenir institutrice.

— Sibylle, ça te plairait vraiment pas ? Prof de maths, par exemple ! C'est pas donné à tout le monde ! Tu pourrais même donner des cours particuliers, il y a beaucoup d'élèves en difficulté !

Ma mère insistait.

Je n'ai rien voulu entendre. J'avais décidé : n'importe quoi, mais Paris.

Elles ont passé des vacances super ! Nous avons visité Orsay, le Louvre, nous sommes allées à Versailles. Nous sommes montées sur la tour Eiffel.

Je les ai raccompagnées à la gare avec la voiture de Laurence.

— C'est quoi, ce prénom que porte ta petite sœur ? C'est pas de sa génération !

Ma copine Stéphanie était étonnée.

— Ma mère lui a choisi le prénom de la plus belle de sa classe...

— Elle devait être belle.

— Elle est sympa, ta copine Laurence.

Geogeo se sentait dépossédée.

— Tu t'entends bien, avec ta copine Stéphanie.

Corinne était nostalgique.

Laurence et Stéphanie étaient une transposition de mes deux sœurs lyonnaises, elles pensaient.

— Elles se ressemblent un peu.

— Ah bon... Tu trouves ?

— T'as trouvé un appartement, Geogeo ?

— Oui.

— Je suis contente pour toi ! Bravo !

Geogeo avait eu son bac. Elle passait le concours des écoles. Elle avait loué un studio. Elle voulait échapper à Pipi-Pierre, elle aussi.

— Pourquoi t'as une petite voix comme ça ? Il n'est pas bien, ton appart ?

— Si... Mais il y a un problème...

Gegeo m'a annoncé : quand elle a signé son bail, Pipi-Pierre est parti.

— Ben ça alors ?

Nous avons fait une réunion téléphonique sur le sujet.

Pipi-Pierre était parti quand il aurait dû se sentir soulagé...

— Maman n'était pas amoureuse de lui. Tant qu'on était là, ça se voyait moins...

— Ben, alors ? Tu peux rester s'il est parti ! Tout est bien qui finit bien, je voulais.

— Je ne veux pas qu'elle reste pour moi. Elle a droit comme Corinne, comme toi, à son indépendance, a dit maman.

Pauvre maman, elle allait se retrouver toute seule...

II

J'aperçois immédiatement Angèle sur le quai de la gare de Lyon Part-Dieu. Angèle devenue blond platine est un soleil au milieu des voyageurs qui progressent lentement jusque vers la sortie. Elle sourit. Je me rapproche d'elle à la vitesse du TGV dont je sors grâce à mon chien fou de rage de n'avoir pas pu pisser depuis ce matin. Il est décidé, il n'attendra pas une seconde de plus. À peine le temps de jeter une bise sur la joue de ma tante, je la dépasse le bras tendu, entraînée par Toto.

— Faut sortir.

Je lui lance l'information au cas où elle n'aurait pas vu que Toto a enclenché la cinquième.

Ma tante et moi courons presque, pour nous arrêter près du poteau qu'a choisi mon animal pour se soulager.

— Mets-le dans le coffre.

Angèle ne veut pas de poils sur ses sièges.

Nous retirons la plage arrière de la Mercedes flambant neuf pour que mon chien n'étouffe pas. La tête de Toto dépasse à peine. Il m'en veut. Comment puis-je lui infliger de s'asseoir dans le coffre ? Ce chien a l'habitude de s'installer sur le siège passager lorsque je suis au volant de ma voiture.

— Tu ne veux pas te passer un coup de peigne quand même ?

— C'est si grave ?

Angèle tourne son rétroviseur vers moi. Étendue de la catastrophe : j'ai la tête dévastée.

— Avec cette belle robe, c'est dommage...

J'accepte la brosse que me tend ma tante. Pour la « rencontre avec le public », je ne peux pas me présenter de cette façon.

— J'ai failli rater mon train ce matin...

— C'est pas parce que tu as passé trop de temps devant ton miroir en tout cas...

— Non, suis-je obligée de reconnaître en me regardant dans le rectangle accroché au pare-brise.

— Ton attachée de presse m'a dit que ça durerait une heure. Après, on file au restaurant.

— On a le temps de prendre un café ?

— On a quarante minutes.

— Il faut lui acheter un museau ! Il faut lui acheter un museau !

À la terrasse du café, un homme éructe à cause de mon chien couché sous la table.

C'est toujours sur moi que ça tombe. Quand un taré passe, c'est pour moi.

— Les chiens, c'est dangereux quand ils n'ont pas de museau !

L'homme ne veut pas en rester là. Mon chien, pourtant bien caché, a été repéré. Angèle et moi tentons d'ignorer le fauteur de troubles.

— Il n'a pas de museau !

Il pointe mon animal du doigt. Il prend les consommateurs à témoin.

Nous reprenons où nous en étions avant l'arrivée du fou.

— Elle ne va pas en revenir. Elle s'attend à tout, sauf à toi ! Angèle est impatiente.

Mamie a quatre-vingts ans dans dix jours. Son anniversaire, organisé dans un restaurant lyonnais, se passera en petit comité, elle pense. Elle ne sait pas que toute la famille sera réunie.

Elle ne se doute pas que je serai là. Je ne suis jamais là. Mon emploi du temps trop chargé m'oblige à négliger notre dynastie et ses réunions. Maman a profité de ma venue – « rencontre avec le public » – pour organiser la fête. « Au moins, je suis sûre que tu seras là ! Nous allons à ta "rencontre" et nous filons au restaurant ! »

— Tu as trouvé une photo ? je demande, coupable, à Angèle.

Elle attendait une photo de chacun. Pour ses quatre-vingts ans, mamie sera l'Ève de notre communauté. Mamie et papi sont à l'origine de trente-huit personnes.

Mamie a perdu son Adam l'année dernière, Angèle voulait lui offrir ses descendants sous verre, dans un pêle-mêle.

Les trente-sept membres de la famille ont envoyé leur portrait. Un seul n'a pas trouvé le temps de le faire : moi.

— J'en ai découpé une dans *Lyon Mag*. Elle sera

ravie, ne t'inquiète pas ! Ça lui donnera une raison de plus de parler de toi avec sa pharmacienne !

Une photo de magazine au milieu des autres, voilà ce qu'aura mamie pour son anniversaire...

— Pour elle, tu sais, c'est plutôt mieux !

Angèle tente d'ôter cette moue qui s'est collée sur ma figure.

— Un museau ! Un museau !

L'homme entre en manifestation dans mon dos, ulcéré par mon chien complètement indifférent.

— Un museau ! Un museau ! il braille.

Je sens qu'il faut intervenir pour qu'il nous fiche la paix.

— Oui monsieur, il faut lui acheter un museau, comme ça il pourra mordre les emmerdeurs et je saurai enfin à quoi sert une muselière !

Mon chien reste avachi, la gueule écrasée sur mes pieds. Il jette à peine un œil las sur l'homme affolé.

— Il n'a pas l'air méchant comme ça ! Mais j'en connais qui se sont fait bouffer en rentrant chez eux ! Leur chien ne les a pas reconnus ! Il les a bouffés !

La terrasse au complet a les yeux rivés sur nous.

— J'aime beaucoup ce que vous faites, me glisse une dame en partant.

— Merci.

— Les museaux, c'est pas fait pour les chiens !

Il ne sait plus ce qu'il dit.

— Oui. Vous avez raison, ce n'est pas fait pour les chiens. C'est fait pour ceux qui ont une trop grande gueule !

La terrasse s'esclaffe.

— On y va ?

Nous décidons de filer.

— Je vais chercher ma voiture, on se retrouve là-bas ?

— Oui. Je vais marcher un peu. Je vais promener Toto cinq minutes. Je prends la rue Lanterne.

Je souffle enfin.

Ces rues lyonnaises que je connaissais par cœur ont changé. Il m'arrive parfois de croiser un visage familier qui me rappelle ce qu'elles étaient. Je ne m'arrête presque jamais. La place des Terreaux, le musée d'Art moderne. Je flâne pendant que mon chien marque son territoire.

— Mademoiselle ? Mademoiselle ?

Une dame âgée me sourit.

— Oui ?

— Vous me signeriez un autographe pour ma petite-fille ? Elle vous aime beaucoup.

Je ne suis pas sûre qu'elle connaisse mon nom. Je signe sur le tout petit papier qu'elle me tend.

— Mademoiselle ?

— Oui ?

Je lui rends son papier signé.

— Pouvez-vous m'aider à traverser, s'il vous plaît ?

— J'ai mon chien avec moi...

J'ai peur qu'elle ne l'ait pas vu.

Accord conclu. La dame passe son bras sous le mien.

Elle marche avec grandes difficultés. Elle s'agrippe à moi. De ma main libre, je fais ce que je peux pour retenir mon animal qui tire comme un malade. La dame va s'envoler si je ne fais pas attention. L'a-t-elle seulement vu ?

— Doucement, Toto... je dis, alors que j'ai envie de lui arracher une oreille tellement il en profite.

Je ne lui arrache pas une oreille pour ne pas alerter la dame qui ne voit rien du tout. On va bientôt se retrouver les quatre fers en l'air. J'ai la main quasiment broyée par la laisse trop tendue.

— Vous êtes bien gentille, ma petite fille.

Elle ne s'aperçoit pas qu'une lutte terrible se livre entre mon chien et moi. Le chien est le meilleur ami de l'homme. Oui, tant que l'homme est en bonne santé et peut marcher à une cadence soutenue ! Je vais arriver échevelée, en sueur, la main écarlate à cause de ce clébard qui n'en fait qu'à sa tête !

— Pardon, mon ami.

La dame parle aux gens comme si elle les connaissait tous.

Un monsieur sourit. Il ne se pousse pas pour autant.

— Pardon, cher monsieur, nous voudrions traverser, elle demande encore.

L'homme ne bouge pas.

— Monsieur, poussez-vous, nous devons traverser.

Je suis moins clémente.

Le monsieur continue de sourire. La dame et moi le frôlons. Quel type désagréable.

— On y va.

Je préviens la dame qu'elle doit soulever un peu ses pieds. Je fusille l'homme du regard. Il me sourit quand même. Il est curieux, ce type.

— Mais faites attention !

182

La dame se rattrape à mon imper, elle a manqué de tomber.

— Pardon, madame ! Pardon ! Ça va ? Excusez-moi. Je suis confuse.

La vieille dame a failli se casser la figure par ma faute ! Au moment où elle soulevait son pied pour descendre du trottoir, je me suis retournée. Ça a déséquilibré la dame. Je me suis retournée pour voir cet homme qui n'a pas bougé, qui souriait toujours.

— Je suis vraiment désolée.

J'aide la dame à se redresser complètement.

La dame remonte sur le trottoir. Elle marche à l'aveuglette. Elle va s'appuyer contre le mur d'un immeuble. Elle ne veut plus de mon aide. Elle ne veut plus me parler. J'ai un mal fou à calmer mon animal, persuadé que la dame veut jouer. Il essaie de lui sauter dessus.

Elle pousse des cris.

— À moi ! À moi !

Elle se protège le visage comme si Toto et moi voulions l'agresser.

Des passants s'arrêtent pour la secourir.

— Il n'a pas de muselière ?

Mais qu'est-ce qu'ils ont tous à vouloir lui emprisonner les babines ?

— Regardez sa queue.

Je tente de convaincre un monsieur qui m'a l'air sensé. La queue de mon chien bat à qui mieux mieux. Ce chien est de bonne humeur, je voudrais le lui faire comprendre. Il n'a pas dans l'esprit de boulotter qui que ce soit.

— Je vous parle de sa gueule. Si les chiens mordaient avec la queue, ça se saurait.

Bon, il y en a, on n'y arrivera jamais...

Ils vont l'aider à traverser la rue. Je m'éloigne doucement.

Je cherche l'homme du regard. Il a disparu.

J'aperçois Angèle qui me fonce dessus.

— Ça va ?

— Oui... oui. J'ai du mal à me remettre.

— Qu'est-ce qui s'est passé ?

— Rien... rien... Je n'ai pas fait attention... Elle a vu Toto, elle a perdu les pédales...

Je me rends compte que ma tante a eu très peur aussi. Elle est rouge de frayeur.

— Je ne l'ai pas fait exprès ! Je ne mérite pas la potence !

— « Il » t'a reconnue ?

Angèle est au bord de l'apoplexie.

Quoi ? Qui ? À part la vieille dame qui va balancer mon autographe aussi vite que je l'ai signé, personne ne m'a reconnue. Je ne croise que des dingues depuis ce matin.

— Qu'est-ce que tu racontes ?

— Non, rien.

Je regarde ma tante un instant. Dans son « Non, rien », j'entends que quelque chose m'a échappé ; ça m'intéresse énormément tout à coup.

— Quoi ?

— ...

— C'est trop tard ! Qu'est-ce que tu allais dire ?

— On y va ?

— Non ! Tu en as trop dit ou pas assez !

184

Angèle est embarrassée. Elle en a effectivement trop dit et, par là même, pas assez.

Je ne bougerai pas avant de savoir ce qui la met dans cet état. Je reste plantée face à elle.

— T'as croisé personne ?

— C'est une énigme ? J'ai croisé des dizaines de personnes ! Que des maboules si tu veux savoir !

Je perds patience. Crache le morceau, qu'on en finisse ! j'ai envie de lui dire. J'attends. Je prends sur moi, c'est difficile.

— Tu n'as pas croisé quelqu'un que tu connais ?

— Non.

— Tant mieux.

Ça vient sûrement de moi... On verra plus tard, la « rencontre » commence dans dix minutes.

— Toto ! T'arrêtes de me tirer dessus ! Je hurle sur mon chien. Après m'avoir arraché la main, dégueulassé l'imperméable, décoiffée et fait presque pendre pour l'agression de deux personnes, le voilà qui veut manger la crêpe d'une jeune fille.

J'ai attaché Toto au bureau de la « dir'com' ». Elle ne m'a pas donné son nom ni son prénom. Son titre raccourci, c'est tout ce qu'elle pouvait offrir, la « dir'com' ».

— Il ne va pas me ronger les pieds ? elle s'inquiète.

— Comme vous pouvez le constater, ce n'est ni un lapin ni un castor. Au mieux, il lèvera la patte pour pisser dessus.

La dir'com'a compris : je suis mal embouchée. Je ne supporte pas qu'on prenne mon chien pour ce qu'il n'est pas. Élisabeth, l'attachée de presse, rit. Je suis amusante lorsque je suis agacée.

— Je suis désolée, je suis nerveuse.

La dir'com' sait « ce que c'est ». Elle affiche une mine indulgente. Elle ne me tiendra pas rigueur de cette réflexion désagréable.

Le sourire accroché au visage, j'entre dans la salle, suivie d'Élisabeth. Ils sont nombreux, pour un samedi matin... Je cherche dans le public. Maman, qui est devenue rousse aux cheveux raides, sourit timidement. Elle a le trac pour moi. Corinne est toute rose. Georgette, qui a perdu ses rondeurs, a son regard méfiant.

Est-ce que quelqu'un va pas me poser une question embarrassante ? Angèle les rejoint, essoufflée.

— Bonjour.

La dir'com' qui dirigera cette rencontre, a disposé deux micros. Elle m'en tend un immédiatement.

— Je pense que ça va sans micro...

La salle n'est pas si grande que j'aie besoin d'amplifier ma voix. La dir'com' insiste. Si elle a préparé les micros, c'est pour une raison. Elle a fait des centaines de rencontres avec des gens bien plus connus, tous ont utilisé ce micro. Elle ne voit absolument aucune raison pour que je déroge à cette règle.

— Bonjour, je répète dans le micro pour lui faire plaisir.

La dame sourit. C'est bon, ça va se passer comme prévu.

Elle se tourne face à ceux qui ont répondu présent à l'appel de son magasin multimédia géant.

— Avant les questions du public, nous allons faire un résumé rapide de votre carrière déjà bien remplie...

Dans l'encadrement de la porte qui me fait face, derrière les deux cents personnes qui écoutent le résumé de la dir'com', l'homme de tout à l'heure se tient debout et me sourit de nouveau. Toujours dans le passage. C'est une manie !

Je jette un regard machinal à Angèle, collée à ma mère. Elles sont absorbées par mon curriculum vitæ qu'elles connaissent par cœur.

Les questions commencent.

— Bonjour, je m'appelle Sophie, je suis étudiante au lycée Lumière...

Un coup ! Un coup de poing dans le ventre ! Le sourire sur la photo du livre de Stendhal ! Le blond ! Dans l'encadrement de la porte, c'est lui ! C'est le « Il » que je n'ai jamais vu !

C'est pour ça qu'Angèle a eu peur tout à l'heure ! C'est pour ça qu'elle m'a demandé si j'avais croisé quelqu'un ! Je ne l'ai pas reconnu ! Tant d'années ont passé depuis la photo du livre de Stendhal. Je suis fauchée sur ma chaise.

Je regarde ma mère, qui ne se doute de rien.

— Est-ce qu'on vous reconnaît dans la rue ?

— Ben...

Je regarde mes sœurs, qui ne se doutent de rien ! Je le regarde lui ! « Il » est là ! Le blond qui sourit à l'objectif se tient devant moi !

« Retournez-vous ! Regardez derrière vous ! je voudrais leur dire ! "Il" est là ! »

La dir'com', l'assistance va le laisser s'échapper sans que je ne puisse rien faire, rien dire.

— Pourquoi avoir quitté votre ville ? Pensez-vous qu'il n'y avait pas de débouchés ?

Je réponds. Je ne sais pas comment.

— Quel conseil pourriez-vous donner à un débutant ?

— Un conseil...

Je suis rivée sur cet homme dans l'encadrement de la porte. Je regarde mes sœurs. Elles ne s'aperçoivent de rien. Ma mère ? Elle ne se rend compte de rien. Ma tante ? Elle l'a pourtant vu tout à l'heure. Je lui jette des coups d'œil insistants. Elle sourit. « J'assure », elle a l'air de penser. Ma famille est fière de moi.

Mon supplice est écourté par la dir'com' :

— Je crois que nous allons passer à la séance de dédicace.

Je regarde ma famille. Elles me font signe.

— Nous nous retrouvons au restau, articule ma mère.

L'homme a disparu. Les gens sortent. Ils passent les uns derrière les autres dans l'encadrement de la porte, où « Il » s'est tenu durant toute la rencontre.

— Je peux faire une photo ?

— Bien sûr.

Je fais un sourire à l'objectif.

— À Christiane et François.

Je signe le bristol.

— C'est une réussite, me glisse la dir'com'.

— Oui. oui... c'est une réussite.

Je sors du magasin comme une voleuse. Je salue rapidement l'attachée de presse, qui me tend la laisse au bout de laquelle gigote Toto. Oups, j'ai failli oublier la dir'com'. Je reviens sur mes pas.

— C'était très bien.

— Oui, très bien.

Je tourne la tête dans tous les sens. Un pull vert d'eau... Un pull de laine... Vert d'eau...

À la sortie, quelques retardataires s'autorisent un dernier cliché. Aucun ne sera net vu la vitesse à laquelle je m'agite... Pas de pull vert d'eau à l'horizon.

Ma mère ? Mes sœurs ? Elles sont parties pour l'anniversaire.

— Tu l'as reconnu ?

La voix d'Angèle trahit sa panique. Elle a la même tête qu'un jour de poisson d'avril à mauvaises blagues.

Il ne m'a pas attendue.

— C'est loin, le restau ? je demande immédiatement quand ma tante met le contact.

Je n'ai plus une minute à perdre. Je suis si essoufflée...

— À un quart d'heure.

— T'aurais pu me le dire...

— J'ai eu peur que tu paniques...

— Un quart d'heure ?

J'ai le sentiment que ça veut dire une heure et demie.

— C'est juste à l'entrée de la ville.

Angèle voudrait que je reprenne mes esprits.

— Pourquoi il est venu ?

— Je ne sais pas.

— Tu l'as reconnu tout de suite ?

— Oui. T'aurais pu me le dire... « Il » est parti... Pourquoi est-« Il » venu ? Pourquoi ne m'a-t-« Il » pas attendue ?

Angèle est très mal à l'aise. Elle passe sa main sur ma jambe, qui s'agite nerveusement.

— Ta ceinture, elle me glisse doucement.

Je ne me suis pas attachée. La Mercedes connaît la loi. Il faut mettre sa ceinture et vite. Elle ne s'arrêtera pas de sonner tant que je ne serai pas ligotée à mon fauteuil.

— Ah, ces bagnoles !

Je peste contre ces nouvelles voitures plus stressantes que des flics.

Trop nerveuse, j'ai un mal fou à la boucler et à faire taire la bagnole.

La voiture la ferme enfin. Angèle démarre. Je fixe la route comme si elle défilait. Je voudrais être déjà au restaurant. Je ne peux arrêter ma cuisse qui saute toute seule.

— Là ! « Il » est là ! je hurle subitement quand la voiture démarre enfin.

Je tends le doigt en direction de l'homme au pull vert d'eau. « Il » marche sur la place tandis que notre voiture s'engage dans une petite rue.

— Merde ! « Il » s'en va !

— Refais un tour ! j'ai ordonné à Angèle.

Angèle n'a rien dit. Elle a refait un tour.

— Ah ! Ce maudit feu rouge !

Je me suis énervée. Je voulais qu'Angèle roule plus vite ! « Il » allait nous échapper. Je voulais en avoir le cœur net. Je n'avais pas bien vu.

Nous avons retrouvé la place. « Ralentis ! » Angèle a ralenti. Nous roulions comme une sentinelle. Nous fouillions la place du regard. J'étais fébrile. Pas de pull vert d'eau à l'horizon... Plus de blond « comme les blés »...

Angèle était désolée. Lorsque le feu nous a permis de nouveau d'avancer, ma tante a hésité. Les klaxons nous ont poussées. La voiture m'a arrachée du lieu où je voulais rester.

— On va au restaurant ? Angèle a risqué.

— Merde... Euh... oui.

Je m'éjecte, je claque la porte de la Mercedes dès qu'elle est garée sur le parking du restaurant. « Bon anniversaire mamie » est accroché sur la porte du Bon Coin, « réceptions, mariages, séminaires ».

— Tu laisses ton chien dans le coffre ?

Angèle ne sait plus comment me parler. Je suis à prendre avec des pincettes.

Tous les membres de ma famille sont déjà réunis.

Les vingt deux petits-enfants et les douze arrière-petits-enfants de mamie font un ramdam !

— Quel raffut !

Angèle ne relève pas.

Je balaie le salon du regard.

Ma mère et mes sœurs discutent dans un coin de la pièce carrée. Les tables sont disposées en U.

— Y avait que ça comme restaurant pour Mamie ?

Une dame au rouge à lèvres trop foncé, au brushing trop volumineux, me fonce dessus. Elle empeste le parfum sucré.

— Je vous adooooore !

Elle me flanque sa Boucheron, sa Fred et ses ongles bordeaux sous le nez.

« Il » portait un pull vert d'eau.

Un pull-over... Vert d'eau... Un pull de laine... « Il » est venu à la rencontre.

— Vous êtes mèèèèèèèrrrrrveilleuse !

Celle qui porte la moitié de la place Vendôme est notre hôte.

La dame n'a de chic que le prix de son accoutrement, je m'en rends compte immédiatement. Elle m'éclate de rire au visage, prête à me faire goûter un peu de ses amygdales.

— Ahhahhahhahh !!!! Ne m'appelez pas madame !!! Appelez-moi Denise.

La dame n'y tient plus ; nous sommes amies. Elle me pose sa chevalière, sa montre, ses ongles et son odeur sur l'épaule. Elle m'entraîne avec elle « un peu à l'écart ». Faut qu'elle me lâche. Je sens que je vais lui en balancer une. Ça doit être écrit sur mon front ; la dame retire son attirail de mon épaule.

Angèle nous suit à distance.

— Je connais bien votre grand-mère... Ma mère travaillait avec elle...

La dame m'explique que sa réussite est le fruit de son labeur. Malgé mon peu de réaction, elle continue dans ses confidences :

— Ma mère est morte... Oh là là, votre grand-mère

194

est gâtée ! Elle me disait tout à l'heure combien elle était fière de vous. Je suis très honorée de vous accueillir chez moi ! elle me chante presque.

— Où est ma grand-mère ? je lui coupe la sifflette.

Elle pointe son index verni, à l'ongle gondolé.

— Votre grand-mère est assise là-bas. Je vous conduis ?

Ma grand-mère préside le U, installée devant une cheminée ornée de fausses pierres en plastique.

La dame a peur que je n'arrive pas jusqu'à mamie. Elle m'accompagne et me parfume presque en marchant. « J'espère que ce n'est pas comme le graillon, votre truc ! » je manque de lui demander. Je n'ai pas envie d'être imprégnée de son odeur toute la journée.

— Bon anniversaire Mamie !

La surprise est réussie. Mamie n'en revient pas. Pour ses quatre-vingts ans, elle en perd dix. Son sourire me fait plaisir.

Où est maman ? Où sont mes sœurs ?

Je salue mes cousins :

— Ah ? T'es là ?

— Oui.

Mes cousines :

— Je te croyais en voyage !

— Ben non...

Leurs enfants :

— Bonjour.

— Bonjour.

Mes oncles et tantes :

— Tu ne travailles pas ?

— Ton parrain arrive avec Toni, me glisse ma marraine en m'embrassant.

— Ta robe est sublime ! Ça fait créateur !

L'autre sœur de maman est très impressionnée par ma garde-robe.

Maman s'avance enfin.

— « Il » est venu, je lui lance avant qu'elle ait ouvert la bouche.

Mes deux sœurs manquent de me filer un coup de boule en approchant trop rapidement leur tête. J'ai bien dit ce que je viens de dire ?

Silence. Notre troupe se serre d'angoisse.

Agglutinées les unes aux autres, nous tremblons de tous nos membres.

Ma mère va franchement mal. Elle ne dit plus rien. Elle ne bouge plus du tout. Elle ressemble aux statues en stuc dans le jardin. Mes deux sœurs n'ont rien à envier à son imitation de sculpture moulée. Elles sont au niveau. Le paroxysme de nos tremblements passé, nous desserrons l'étreinte.

— Tu l'as vu ? me redemande Corinne.

Elle n'est plus certaine d'avoir bien entendu.

— Oui.

— Tu es sûre que c'était lui ? insiste ma mère.

— Comment tu peux être sûre ? Tu ne l'as jamais vu.

La voix de Georgette ne s'est pas arrangée. Elle grogne encore :

— Comment tu l'as reconnu ?

Angèle, qui nous a rejointes, confirme :

— Je suis formelle, c'était bien lui.

Elle a du mal à lâcher cet aveu, mais elle ne peut pas mentir. Son affirmation tombe comme un couperet.

— Tu lui as parlé ?

196

La voix de ma mère tremble.

— Non. « Il » ne m'a pas attendue.

Une vague de soulagement ranime mes sœurs.

Elles se remettent à respirer juste assez pour ne pas y passer. Ma mère tourne la tête discrètement. Est-ce que quelqu'un nous écoute ?

— De toute façon, « Il » ne serait pas resté, elle sort en minimisant la situation maintenant.

— Pourquoi ?

Je sens que je vais l'agresser. Je n'aime pas cette attitude désinvolte. Comme si cela n'avait aucune importance.

État d'alerte. « Il » est de retour. Après trente-deux ans, nous sommes en proie aux mêmes appréhensions. Une odeur de pain pas tout à fait blanc se balade sous le nez de ma mère. Ça n'en finira donc jamais... Des sentiments contradictoires se bousculent dans chacune de nous.

— « Il » est venu t'admirer. C'est son droit. Ce n'est pas si grave. « Il » ne t'embêtera pas... J'en suis persuadée.

— J'ai pas peur qu'« Il » m'embête !

J'en veux à ma mère subitement.

— On en parlera plus tard, maman donne l'ordre de dispersion quand elle voit le reste de la famille se rapprocher.

Ma chambre d'hôtel est écœurante. Je ne sais pas comment je me débrouille pour mettre un tel désordre en trois jours.

— Tu es comme une chatte. Partout où tu passes, tu t'appropries le lieu, m'a dit maman l'autre jour.

Elle aurait mieux fait de dire : « Tu es comme ton chien. »

Je n'impose jamais mon chien à maman, qui aime son appartement propre et bien rangé. Je dors à l'hôtel quand Toto est là.

N'y a-t-il pas d'autre moyen pour Toto et moi de s'approprier un lieu ? Nous saccageons tout en un temps record. Toto a joué avec les rouleaux de papier-toilette. Des boulettes blanches traînent sur la moquette bleu marine. J'ai mangé les chocolats du minibar. J'ai laissé les emballages sur le comptoir. J'ai bu les deux bouteilles d'eau minérale. Je les ai abandonnées sur ma table de nuit. J'ai fumé une vingtaine de cigarettes hier soir. Je les ai écrasées dans tout ce qui me tombait sous la main. Les verres sont pleins de mégots. Le cendrier déborde.

Mes sous-vêtements sont éparpillés aux quatre coins de la chambre. On pourrait penser que j'ai passé une nuit torride.

J'ai passé une nuit exécrable ! Une nuit à me retourner dans mon lit. Une nuit à allumer et éteindre la loupiote ! Une nuit à chercher le sommeil sans le trouver. Une nuit à me brosser les dents après chaque cigarette, jurant que c'était la dernière.

Cette nuit, je me suis posé toutes les questions que j'ai oublié de me poser. Cette nuit, j'ai admis qu'« Il » n'était pas une photo. Cette nuit, je me suis rendu compte que, si je porte son nom, c'est pour une raison : « Il » est mon père.

J'ai donc un père. Cette découverte que je fais à l'âge de trente-quatre ans est tardive, mais de taille. Que dois-je faire ? Trente-quatre ans que je réponds : « Je n'ai pas de père. » Devant les mines compatissantes, je réponds depuis trente-quatre ans : « Je n'ai pas de père, mais je m'en fiche, c'est comme ça. »

Affaire réglée, fin de discussion.

— Tu ne parles que de ta mère, et ton père ?

— J'en ai pas.

— Et ton nom ?

— C'est le sien, mais je ne le connais pas.

Ça m'a toujours agacée, cet intérêt des autres pour un homme, une histoire qui n'était pas la leur.

— T'as pas envie de le voir ?

— Non.

— Tu sais où « Il » est ?

— Non.

— « Il » n'est jamais venu te voir ?

— Non.

— « Il » fait quoi ?

— Je ne sais pas.

Je n'imaginais même pas qu'« Il » puisse faire quelque chose...

— « Il » habite où ?

— Je ne sais pas.

Je n'imaginais même pas qu'« Il » puisse habiter quelque part...

— « Il » s'appelle comment ?

— Antoine.

— « Il » est vivant ?

— Je ne sais pas.

Je n'imaginais même pas qu'« Il » ait pu vivre... « Il » était mon nuage gris. L'ombre informe présente dans un coin de ma cervelle, que je chassais d'un mouvement de tête. « Il » était une abstraction. La raison immatérielle de mon nom, la raison absconse de ma blondeur, la raison sibylline de ma différence.

— Appelle, tu verras bien... me dit Laurence au téléphone.

— Mais ma mère ?

L'histoire ne la concerne plus. Nous avons été élevées, protégées, je suis adulte.

— Et mes sœurs ?

— Elles feront ce qu'elles voudront. C'est une histoire entre lui et toi.

Il y a donc une histoire entre « Il » et moi ? Je suis assise sur mon lit, dans ma chambre d'hôtel. Je raccroche le téléphone. Je ne sais pas quoi en penser. Je n'ai rien à « en penser ». Pour « en penser quelque chose », il faudrait que je sache à qui à quoi penser... Je n'en pense rien. Dans quel état suis-je ? Je ne sais

pas dans quel état je suis quand je décroche le téléphone une nouvelle fois. Je presse le zéro : ligne extérieure.

Je compose le numéro des renseignements.

Je demande s'« Il » est répertorié.

— Dois-je vous mettre en relation ?

— Non, je vais noter le numéro.

— Merci. Bonne journée.

L'opératrice raccroche. Je tiens toujours le combiné quand mon regard tombe sur ce que j'ai noté.
Sous un prénom, qui appartient à une personne
vivante, sous mon nom sont alignés dix chiffres. Un
numéro de téléphone entier. J'ai écrit machinalement.
Le plus simplement du monde, je compose le zéro
une nouvelle fois. La tonalité de la ligne extérieure,
les dix numéros. Ça sonne. La ligne est libre.

— Allô ?

— Bonjour, je souhaiterais parler à Antoine...

— C'est moi.

— Bonjour, je m'appelle Sibylle.

— C'est bien de me téléphoner !

— Est-ce que c'est vous que j'ai vu hier à la rencontre ?

— Oui.

— Pourquoi ne m'avez-vous pas attendue ?

— Je ne voulais pas faire d'histoire. Tu veux
qu'on se voie ?

— Pourquoi pas... On pourrait boire un café...

— Tu préfères que je vienne à la Croix-Rousse,
j'imagine ?

— Comme vous voulez...

— Avec ton chien... Toto, c'est ça ?

— Oui, mon chien s'appelle Toto.

— Est-ce que tu connais un café à la Croix-Rousse ?

— Oui, sur le boulevard, la brasserie des Écoles...

— Combien de temps restes-tu ?

— Trois jours.

— Mercredi ?

— Oui, mercredi, c'est parfait...

— À quatorze heures ?

— À quatorze heures, c'est très bien.

— Viens avec Toto, j'aimerais faire sa connaissance.

— Oui...

— À mercredi alors !

— Oui, à mercredi, quatorze heures.

Je raccroche dans le plus grand calme.

Je suis toujours assise sur le lit de ma chambre d'hôtel. Je regarde le bloc-notes :

« Brasserie des Écoles, mercredi, 14 heures »...

Toto dort au pied de mon lit. « Il » aimerait faire sa connaissance...

Nous sommes en réunion. Corinne et Georgette sont assises face à moi dans le salon de la réception. Mes deux sœurs sont les seules brunes de la famille maintenant.

— C'est mieux de se voir à ton hôtel, a dit Corinne.

Elle a raison. C'est mieux de n'être pas dans des murs qui portent déjà l'histoire. Les murs tapissés de nos questions, de nos réponses. Mon hôtel est un endroit neutre. Les murs ne nous connaissent pas. Ce lieu n'attend rien de nous. Nous pouvons nous sentir libres.

— Comment est sa voix ?

— Normale.

— « Il » parle sans problème ?

— Sans problème.

— Qu'est-ce qu'« Il » t'a dit ?

— « Il » m'a proposé d'aller boire un café.

— T'as accepté ?

— Oui.

— Tu vas y aller ?

— Oui.

— T'as pas peur ?

— Je lui ai donné rendez-vous dans une brasserie.

— À quelle heure ?

— Quatorze heures.

— Et maman ?

— Je ne lui ai rien dit.

— Tu vas lui dire ?

— Je ne sais pas.

— Faut lui dire. J'ai l'impression qu'on la trahit.

— Elle va s'écrouler.

— Pourquoi ?

— Je ne sais pas.

Corinne hésite un instant avant de prendre la parole :

— J'ai déjeuné avec elle... On a parlé de la « rencontre »... Maman est persuadée que tu as rêvé. « Il » ne serait jamais venu, selon elle.

— Pourquoi ?

— Elle ne peut pas le concevoir... Elle a peur qu'« Il » ressurgisse.

Cet homme était en train de renaître de ses cendres, et tout le monde était sur le qui-vive.

— Vous faites comme vous voulez. J'irai mercredi à quatorze heures.

— Je ne sais pas si j'ai envie de venir...

— Moi je viendrais bien, mais sans qu'il me voie.

— Installe-toi à la table voisine. De toute façon, « Il » ne t'a jamais vue. Tu pourras entendre la conversation, libre à toi de nous rejoindre.

— Pourquoi pas...

— Seulement, tu te débrouilles pour ne pas être dans mon champ de vision ! Je ne veux pas éclater de rire !

Georgette et moi rions à cette idée. Nous avons gardé cette trace de notre enfance. Dès qu'intervient un imprévu, nous rions. Dès que nous sommes mal à l'aise, nous nous transformons en idiotes hilares.

— T'imagines ? Tu lui dis : « Bonjour Antoine », et t'éclates de rire pendant toute la rencontre ?

— Non. Si tu viens, tu t'installes face à lui, dos à moi.

— Moi, je vais décider. Je ne sais pas si je viens ou pas.

— Vas-y déjà toi toute seule et nous on te rejoint peut-être après.

— Oui, je crois que c'est le mieux. S'« Il » débarque et qu'« Il » se retrouve avec les trois sous le nez, « Il » va avoir une crise cardiaque. On va le tuer pour de bon.

— Et maman ?

— Faut lui dire.

— Je l'appellerai après.

La réunion se poursuit dans l'hilarité la plus totale. Nous imaginons tout et n'importe quoi. Nous imaginons qu'« Il » va nous renverser la table sur la figure. Qu'« Il » est fou...

— S'« Il » dit du mal de maman, je le gifle.

— Moi je lui arrache la langue.

— Moi j'en fais de la chair à saucisse et je le file à bouffer à mon chien.

— Ha, ha, ha !

— S'« Il » est complètement con ? On sera dégoûtées !

— On saura qu'on a échappé au pire !

— On lui dira : « Merci d'avoir gardé tout ça pour vous ! »

— Ha, ha, ha !

— S'« Il » nous insulte ?

— Ça m'étonnerait qu'« Il » en connaisse plus que moi !

— Ha, ha, ha !

— Vous croyez qu'« Il » est remarié ?

— Je sais pas.

— Tu crois qu'« Il » a des enfants ?

— « Il » en a peut-être pas semé aux quatre coins de Lyon !

— Tu vas le vouvoyer ?

— Ben oui, je le connais pas... Pourquoi, toi tu vas lui dire : « Bonjour papa, tu peux me filer la moutarde ? »

— Ha, ha, ha !

Nous enchaînons les suppositions les plus crétines dans une liesse libératrice.

— « Il » savait que t'as un chien ?

— « Il » n'a pas peur des chiens, c'est déjà ça.

— Je crois qu'« Il » a été élevé dans une ferme.

— C'est ça ! C'est le loup dans la bergerie !

— Les trois petits cochons et le grand méchant loup !

— Les trois petites truies !

— Ha, ha, ha !!

— Élevé dans une ferme ?

— Oui.

— C'est un pagut !

— Ha, ha, ha !

Corinne devient folle. Elle se met à rire plus fort que Georgette et moi.

— Un pagut ! Un pignoufffffffff !

— Oui, « Il » sait comment s'appelle mon chien.

— Ça veut dire qu'« Il » a lu ton livre !

— Ben... sûrement...

— J'aurais jamais imaginé qu'« Il » puisse entrer dans une librairie...

— Moi non plus. Qu'« Il » puisse acheter un livre...

— Moi non plus.

— D'ailleurs, je n'imaginais pas qu'« Il » puisse entrer dans un magasin.

— Moi non plus.

— Ça me paraissait improbable qu'« Il » entre dans une épicerie pour s'acheter un kilo de tomates !

— Moi pareil.

— « Il » bouffe alors ?

« Il » a un pull vert d'eau, « Il » a un numéro de téléphone, « Il » lit, « Il » mange.

— Je sais que c'est le jour J, je te souhaite bonne chance, me dit Laurence au téléphone.

Maman a essayé de m'appeler toutes les cinq minutes. Je n'ai pas décroché. J'ai eu peur de changer d'avis.

Il faut que je sorte. J'ai la fièvre acheteuse. Acheter quoi ? N'importe quoi. J'ai besoin d'avoir besoin de quelque chose. Je ne peux pas rester enfermée dans cette chambre d'hôtel à attendre l'heure du rendez-vous. Je me suis rongé un ongle. La main entière risque d'y passer.

— Bonjour mademoiselle !

La réceptionniste me salue.

— 'jour, je lui réponds d'une voix blanche.

— Ouh, ça n'a pas l'air d'aller aujourd'hui ! Vous n'êtes pas malade ?

— Non non non non non.

C'est sûr, j'aurais pu dire « non » une seule fois... Non non non non non... Si la réceptionniste a remarqué que ça n'allait pas, alors...

Faut rester calme. Impassible. Faut avoir une tête toute neutre, comme Stéphane quand il marche dans la rue. Stéphane maîtrise sa voix, son visage et ses yeux, j'ai remarqué, quand je marchais à côté de lui. J'ai essayé de l'imiter. J'avais du mal.

Quand il marche dans la rue, Stéphane se compose une tête qui n'est pas celle qu'on lui connaît dans l'intimité. Il fait une tête molle. Si on l'aborde, il fait une voix toute neutre, et surtout il fait des yeux ! Des yeux qui ne sont plus que des organes. Au milieu de l'agitation, Stéphane se promène comme s'il était seul.

— C'est ma barrière de protection face aux inconnus. Sinon, t'es trop vulnérable.

— Ton regard n'accroche jamais quelque chose ? T'es pas aveugle !

— Je mets une distance.

— À quoi ça sert ?

— À ne pas avoir le nez collé dans la merde. Ça me laisse le temps de réfléchir.

Au moins, c'est clair...

— On ne peut rien lire dans tes yeux !

— Je le fais exprès. Je laisse toujours l'autre abattre ses cartes le premier. Comme au poker.

— À part à la bataille, je ne sais pas jouer aux cartes...

— Ben voilà...

— Voilà quoi ?

Il ne m'a pas répondu. Dans son « ben voilà », il y avait comme la résolution, la clé de tous mes tourments. « Ben voilà... »

C'était tout de même pas grand-chose.

Comparée à Stéphane, je ressemblais à une poule. Pourquoi les poules marchent-elles en bougeant la tête sans cesse ?

— Tout le monde fait comme moi !

Stéphane m'a dit de regarder mieux, alors que je croyais mieux voir que lui.

— Tu marches dans la rue comme si tu étais à la fête foraine.

En fait, Stéphane feignait de ne rien voir, mais il voyait tout. Il feignait de ne rien entendre, mais il entendait tout. On croyait qu'il ne pensait rien, mais il pensait tout le temps. Il faisait semblant de ne pas être là, mais il était là, derrière sa barrière de protection. On pouvait croire qu'il ne comprenait rien, mais il comprenait tout !

Le contraire de moi.

— Heureusement que je ne joue pas au poker, je me ferais plumer en deux secondes !

— Au moins tu saurais jouer...

« À chaque situation, son comportement. Faut rester maître du jeu. Faut savoir abattre la bonne carte au bon moment. Et, surtout, il faut analyser le jeu de ton partenaire, de ton adversaire », m'a enseigné Stéphane.

À trente-quatre ans, je découvrais : je me comporte n'importe comment. Je ris quand ce n'est pas le moment de rire. Mes pieds ne suivent pas de ligne droite. J'écoute mais je n'entends rien.

— Tu n'es pas maître de la situation...

Je ne suis pas maître de moi-même, je ne suis pas le maître du jeu, je ne suis le maître que de mon chien...

Je suis sortie sans Toto. J'espérais tenir la bride haute à mes partenaires, à mes adversaires, à mes sentiments. Je suis sortie comme une reine.

À peine dans la rue, la vitrine d'un magasin a attiré mon attention.

« Est-ce que je n'ai pas besoin de ces ronds de serviette ? Non. Vraiment pas ? Si. Je n'ai pas de ronds de serviette. Je n'en ai jamais eu. Ce n'est pas normal ! »

Je suis entrée dans le magasin de décoration.

— Vous en voulez combien ?

La vendeuse a flairé le pigeon. Elle me suivait partout en souriant.

— J'en voudrais... J'en voudrais...

— Douze ?

En une seconde, elle a compris : je ne savais pas ce que je voulais. Elle pouvait me fourguer n'importe quoi.

— Oui, c'est bien, douze.

— Si vous en prenez vingt-quatre, je peux vous offrir dix pour cent de réduction.

Ah bon ? Dix pour cent de réduction...

— D'accord...

Je puais le pigeon à plein nez.

Elle a disparu dans la réserve avant que je ne me rende compte que je ne fais jamais de dîner à vingt-quatre. Au-delà de quinze personnes, j'annonce une fête.

La dame a ressurgi avec les anneaux en métal.

— Vous pouvez les faire graver...

— Ah bon ? Ce n'est pas plutôt l'argent qu'on fait graver ?

Il me restait un brin de bon sens.

— Ils sont plaqués !

Elle était contente de m'annoncer ma ruine.

— Ça alors...

J'étais bientôt ruinée, mais ravie. Je n'achetais pas n'importe quoi. C'était de l'argenterie.

La dame a emballé chaque rond dans du papier de soie. Elle les a déposés dans un sac frappé à l'enseigne de sa boutique.

— Vous nous ferez un peu de publicité, elle m'a dit, complice.

Le nom du magasin était écrit tellement gros que personne ne pouvait le rater.

Je regarde l'heure sur mon téléphone portable. Six appels en absence. Les numéros apparaissent dans l'ordre : Georgette, Corinne. Le reste, c'est maman... Angèle, une fois.

Je ne vais pas écouter les messages. J'ai peur qu'ils me fassent changer d'avis.

Il est treize heures quinze. J'ai encore trois quarts d'heure. Il est lourd, ce sac... Je n'aurais pas dû en acheter autant... Je vais en offrir douze à ma petite sœur.

Mon esprit malin a trouvé une nouvelle idée : remplacer les Sopalins par des serviettes.

Dieu que je suis perspicace. Je voulais créer un besoin, j'en crée en cascade.

— Quelle heure est-il ? je demande à cette nouvelle vendeuse qui va presque m'embrasser, tant elle est ravie de vider sa réserve dans mes sacs.

J'ai trouvé tout ce dont je n'avais pas besoin. Douze verres à pied. Douze couteaux plaqués argent.

Les fourchettes qui vont avec. Ces serviettes, sublimes, n'ont rien à voir avec des torchons.

— Il est treize heures cinquante-cinq.

Oh mon Dieu ! Ça y est ! C'est maintenant !

Je me rue hors du magasin. Je me cogne dans la porte vitrée en tentant de sortir trop vite.

— Attention aux verres. Ils sont bien emballés, mais tout de même !

Je me domine si mal que la vendeuse s'offre le luxe de m'enguirlander.

Je me suis éloignée du lieu de rendez-vous. Je suis à quinze bonnes minutes à pied de la brasserie ! Je vais être en retard ! Non ! Non ! Je ne fais décidément que des conneries.

Je marche dans la rue comme une dératée. Chien ou pas, je marche n'importe comment. Je tourne la tête dans tous les sens à la recherche d'un taxi.

— Hep ! Taxi ! Taxi !

Ma voix n'est pas du tout neutre.

La voiture ralentit.

— Ouf... Sauvée !

— Z'allez où ? me demande le chauffeur en baissant sa vitre.

— Sur le boulevard. Brasserie des Écoles.

Le type ne me répond même pas. Il redémarre sous mon nez ! Il s'en va en secouant la tête : il est affligé qu'on ose l'arrêter pour cinq cents mètres...

— C'est pas marqué pigeon ! il me gueule en disparaissant.

Non, c'est que sur ma tête que c'est marqué ça.

Comme s'il n'avait que ça à foutre ! Il y en a qui ne manquent vraiment pas d'air...

— Si ! Moi ! Moi, j'en manque ! J'étouffe de marcher si vite avec mes sacs trop lourds !

— Tête de veau...

Je l'insulte entre mes dents.

Je cherche. Une âme charitable. Un taxi libre. Je vais payer ! Le double, si vous voulez. Je vais l'annoncer d'emblée au prochain taxi pour qu'il m'accepte.

« Je n'en peux plus, monsieur, ce que je porte est trop lourd. »

Rien. Pas un taxi à l'horizon. Je me dépêche. Ça pèse une tonne, les vingt-quatre ronds en plaqué, les douze verres, les couverts. Heureusement, je n'ai pas acheté les assiettes.

Quand j'approche de la brasserie hors d'haleine, je sens que ma tension monte en flèche. Je m'éponge le front. J'ai trop chaud maintenant. Avec ce qui parcourt mes veines, il y aurait de quoi alimenter les réacteurs d'une fusée. Il faut que je me calme. Encore une fois, j'ai refusé de réfléchir avant d'agir. Maintenant, le manque de préparation à cet événement me saute à la figure. Qu'est-ce que je vais faire ? Qu'est-ce que je vais lui dire ? Et si je n'y allais pas ?

Je regarde cette dame qui rentre chez elle tranquillement.

Madame ! Je voudrais l'appeler. Madame ! Ça ne va pas du tout ! Est-ce que ça vous ennuie de m'accompagner ? Vous paraissez plus en forme que moi. La dame s'éloigne, sans avoir l'air de passer.

Je pose mes enclumes un instant. Respirer. Envoyer un peu d'oxygène dans mon cerveau. Je me concentre sur l'événement. « Faut rester calme. Impassible. Ne pas avoir le nez collé dans la merde. Ça laisse le temps de réfléchir. »

Je sais pourquoi je n'ai pas pris le temps de réfléchir. Si je réfléchis, je rentre à mon hôtel.

Je n'ai qu'une rue à traverser avant de me retrouver devant la porte de la brasserie des Écoles. Est-ce que je l'aperçois ? Non.

Je fouille dans mon sac à main. Stéphane m'a prêté son dictaphone.

— Enregistre, tu seras dans un tel état que tu ne te souviendras plus de l'entrevue.

— OK.

— Écoute avant de parler.

— OK.

— Au pire, tu vas aux toilettes, le temps de te calmer. Mais enregistre.

Oui. Oui. Il a raison. Je vais enregistrer.

J'extirpe nerveusement le dictaphone de mon sac à main. Je fourre l'appareil dans la poche de mon imperméable.

— J'aurais préféré filmer.

— C'est plus difficile de filmer sans être vu.

Oui. Oui. Le dictaphone, c'est mieux. La voix. La voix, c'est important.

J'ai eu de la chance. Aucune voiture n'avait envie de m'écraser. J'ai traversé la rue en trombe.

Quand j'entre dans la brasserie, chargée comme un mulet, mes yeux se posent immédiatement sur le blond. Je ne sais pas si c'est ce que ressent un spéléologue qui s'est engouffré dans un cul-de-sac, mais j'ai l'horrible sentiment que je n'ai plus d'échappatoire. J'ai envie d'appeler Stéphane.

Le blond est assis en face de la porte. « Il » est seul, derrière un jus de citron.

La table est trop petite.

— Tu te démerdes pour t'installer à une table où on peut s'asseoir face à face. Si je viens, je ne veux pas me retrouver à côté de lui.

— Moi non plus.

Les voix de mes sœurs me résonnent dans la tête. Ça y est, tout s'embrouille.

Pourquoi a-t-« Il » choisi cette toute petite table ? Il y a à peine assez de place pour deux. Je lui fonce dessus comme une flèche.

Je parle très fort. « Faut pas avoir l'air impressionné. Rien n'est anormal. Ce rendez-vous est tout à fait banal. Tu as l'habitude des rendez-vous avec des gens que tu ne connais pas. C'est pareil ! Tu ne le connais pas, c'est tout. »

Ma voix est immaîtrisable. Mes bras partent en l'air sans que je leur commande quoi que ce soit. Je fais tout trop vite. La chaise valdingue. Je la replace en un éclair. Ai-je vraiment bousculé la chaise ? Je ne sais plus, je suis déjà en train de ramasser le cendrier que j'ai fait tomber avec un de mes sacs. Tout est trop rapide, sauf ma cervelle, qui est tombée quelque part avant que j'entre.

Ce n'est pas pareil. Je n'ai jamais hurlé, à aucun rendez-vous. Même avec un trac du tonnerre, j'ai toujours réussi à conduire ma carcasse à mon gré.

— Pardon !

Je fais sursauter la dame en m'excusant trop fort.

Mon corps s'immobilise enfin devant l'homme, qui sourit différemment aujourd'hui.

Son visage est plus rose que l'autre jour. « Il » a la même implantation des cheveux que moi. Qu'est-ce que je fais ? Je vais aux toilettes ?

Je regarde dans ses yeux. Est-ce que je peux y lire quelque chose ?

Que dalle.

— Il faut changer de place ! je lui hurle à la figure.

Je n'attends pas sa réponse. Je m'empare de son jus de citron. J'emporte la citronnade à travers la brasserie. Je repère deux tables collées entre elles. Quatre chaises. C'est très bien. Je m'assois immédiatement sans lui laisser le loisir de choisir sa place. « Il » est obligé de se faufiler pour s'encastrer contre la vitre. « Il » sera dos à la rue. Je suis à présent face au boulevard. J'ai un œil sur les portes de la brasserie. Si l'une de mes deux sœurs arrivait, je la verrais immédiatement, je pourrais l'avertir. Je ne veux pas qu'« Il » soit pris au dépourvu. Vous avez laissé trois filles. Elles sont devenues trois femmes bien. Sans rancœur. Sans esprit de revanche. Vous allez les aimer, j'en suis sûre.

Quand « Il » est assis, je dépose mes sacs autour de moi. Avant de me sauter à la gorge, « Il » devra enjamber les ronds de serviette, j'aurai le temps de déguerpir.

— Tu as fait des courses ? « Il » me demande.

— Oui, je lui réponds, comme s'« Il » était de l'autre côté du Stade de France.

Je disparais sous la table un instant. Je garde un œil sur lui. J'ai presque une suée en sortant le dictaphone de ma poche. Je l'enclenche discrètement. La lumière rouge témoigne : l'enregistrement a commencé. Je le pose rapidement sur un de mes sacs ouverts.

Mon corps gigote, mais il accepte de se tenir assis. Cinquante centimètres me séparent de l'homme blond. Je réalise à peine. Ses cheveux sont si clairs. Avec le temps, les miens ont foncé. Si je n'étais pas passée chez le coiffeur, je n'aurais pas cette couleur nordique. « Il » porte le pull vert d'eau.

Nous nous matons sans rien dire depuis quelques minutes. « Il » a l'air d'attendre que je prenne la parole. « Il » peut attendre longtemps : « Tu écoutes avant de parler » m'a conseillé Stéphane. Je fais comme il a dit.

L'homme blond a compris : « Il » se tient devant le sosie du Sphinx.

— Tu n'es pas venue avec ton chien ?

— Non, il avait des trucs à faire. Il marche n'importe comment.

« Il » sourit.

— C'est un boxer ?

— Oui, c'est un boxer qui saute en l'air quand il est content.

« Il » ne comprend rien à ce que je dis.

— Faut que j'aille aux chiottes, je lui dis d'un coup.

Oups, j'aurais mieux fait de dire « aux toilettes ». « Il » est un peu surpris de ma grossièreté.

— Oui, vas-y.

« Il » me donne aimablement la permission.

Oh purée, si je quitte la table, « Il » va baisser les yeux ? « Il » va regarder mes sacs ? « Il » va voir le dictaphone !

Mes bras plongent sous la table. J'attrape mes sacs. Je me lève d'un bond.

— Tu as besoin de tout ça ?

« Il » me regarde porter mes courses aux toilettes.

— Je reviens !

Je lui gueule que je fais ce que je veux.

Les toilettes sont minuscules. Je cogne mes ronds de serviette partout. J'ai laissé mon imperméable et mon sac sur la chaise. Mince ! J'aurais voulu téléphoner à Stéphane ! Lui dire que c'est la catastrophe ! Mon téléphone se trouve dans mon sac ou dans la poche de mon imper ! Bon. Je reste debout dans les toilettes quelques instants. Je ne pose pas mes sacs au sol, c'est trop étroit. Je me regarde dans le miroir jauni.

Oh là là ! Mes yeux ! Ils sont complètement exorbités. Faut que je souffle.

J'inspire longuement, j'expire fortement, plusieurs fois. Je ferme les yeux à chaque inspiration, je les ouvre à chaque expiration. Au bout d'un moment, je décide d'arrêter ; je commence à voir flou. Je me sur-oxygène, je vais m'évanouir dans les toilettes au milieu de mes courses, si je continue.

Bon, j'y retourne.

J'ai du mal à m'extirper des micro-toilettes. La porte tient mes sacs coincés. Le blond m'observe. J'essaie de faire bonne figure. Je tire plusieurs fois avant de décoincer mes affaires. Je marche en tentant de contrôler ma vitesse jusqu'à l'homme blond, qui n'a pas bougé derrière son jus de citron. Je m'assois de nouveau, l'air plus dégagé.

Je repose mes sacs autour de moi. Je recompose une barrière à ma façon. Je replace le dictaphone.

Mon corps se dandine avec moins d'amplitude. C'est bon, ça a marché, les toilettes.

— Tu as beaucoup de talent, « Il » me dit direct.

— Merci.

— Ça ne te gêne pas que ta vie soit publique ?

— C'est mon côté exhibitionniste.

« Il » rit. Je suis drôle, « Il » a l'air de penser.

— J'ai beaucoup aimé la photo où tu as les cheveux longs jusqu'au sol.

— Merci.

Je fais des réponses courtes.

— Tu aimes avoir les cheveux ébouriffés ?

Je ne sais pas si la remarque concerne la photo ou ce qu'« Il » voit sur ma tête.

— Je crois que je n'ai jamais aimé les tresses.

— Je suis content pour toi, tu as une belle vie.

— Oui, j'ai une belle vie, je crois.

— Ton grand-père est mort.

— Oui, papi est mort l'an dernier.

— Comment va ta grand-mère ?

— Ça va, nous avons fêté ses quatre-vingts ans samedi.

— Ça a dû être difficile d'en arriver là ?

— Il y a pire.

— Certaines de tes interviews sont hilarantes.

— Oui.

— Ce qui est moins drôle, c'est que tu aies pu penser à sauter par la fenêtre.

— Je n'ai pas sauté.

— C'est pas trop difficile de se mettre dans de telles situations ?

— Je ne sais pas s'il y a des situations que j'aie trouvées faciles.

— J'étais content de te voir aux émissions, tu avais l'air bien... parce que, à un moment, je me suis posé la question.

— Quoi ?

— Est-ce qu'elle est bien équilibrée... Tu te mets dans de tels draps... tellement... Je me suis quand même posé la question... Vu de loin, ton personnage a quand même un vrai grain...

— Ah...

J'aimerais bien qu'« Il » ne complique pas trop notre entrevue.

— Non, je te vois, tu as l'air bien. En forme...

— Tu fumes beaucoup...

— Oui.

Les questions restent à ma portée.

— Tu fais toujours de la danse ?

— Quand j'ai le temps...

— Tu as fait le tour du monde.

— Non. J'ai pas mal voyagé, mais je n'ai pas fait le tour du monde.

— Tu es bien comme ça... À trente-quatre ans, j'en connais pour qui ça va moins bien...

— Oui.

— Et moi ? Comment tu me trouves ?

— Comment ça ?

— Physiquement.

— Ben... Je ne sais pas... Je vous trouve, comme vous êtes. Je ne vous ai jamais vu...

Je réalise ce que je viens de dire. Ben, oui... Je savais qu'il ne fallait pas compliquer les questions ! Y avait-il un autre moyen de le formuler ? Je ne sais pas. J'ai écouté mes mots comme s'ils venaient de la bouche d'une autre, carrément. Cette remarque inopinée nous laisse un instant muets. C'est vrai. À quoi m'attendais-je ? Si. Si. Je pensais qu'« Il » me ressemblerait davantage. À part la couleur des yeux, l'implantation des cheveux, le nez, la bouche, la forme du menton et les oreilles, je ne ressemble pas tant à cet homme...

— Comment vont tes sœurs ?

— Elles vont bien. Je leur ai parlé de notre rendez-vous. Elles viendront peut-être. Je ne suis pas sûre.

— Ce serait bien. Tante Yolande est toujours en vie.

— Tante Yolande ?

— Ma sœur.

Ah oui, j'en ai entendu parler... La sœur de cet homme est donc ma tante.

— Elle aurait voulu venir...

— Oh non ! Toute une famille d'un coup, je ne sais pas si j'ai une telle capacité de digestion !

Je me remets à gueuler malgré moi.

L'idée qu'il y ait frères et sœurs au menu me traverse.

— Vous êtes remarié ?

— Non.

— Vous... Vous n'avez pas eu...

— Je n'ai pas eu d'autre enfant. Je n'ai eu que vous.

« Il » n'a eu que nous.

Nous discutons comme nous pouvons depuis trente minutes quand je lève les yeux sur le boulevard, derrière l'homme blond.

Le copain de ma sœur aînée passe. J'hésite à me frotter les yeux. Après ma bouche qui parle toute seule, j'ai peur que mes yeux voient ce qu'ils veulent. J'ai bien l'impression que c'est lui. Oui, le copain de ma sœur aînée passe devant la vitre du café. Il marche comme un agent secret. Il entre à la vitesse de l'éclair dans la brasserie des Écoles. Sans me saluer, il va s'asseoir à un bout de la brasserie. Il se cache derrière le journal qu'il a attrapé au vol dans la baguette en bois avant de s'asseoir. Ma sœur aînée va venir...

Qu'attend-elle ? Et Georgette ?

Le copain de ma grande sœur est venu jouer les gardes du corps, au cas où... J'ai moi-même demandé à Stéphane... « Tu ne viendrais pas t'asseoir dans un coin ? Si ça dégénère... – Si tu veux, mais, tu sais, un mercredi après-midi, ce sera bondé. Et puis ça risque de te perturber plus qu'autre chose... »

— J'ai bien aimé l'émission... dans un appartement...

Je le regarde de nouveau. Ah ? Vous êtes là ? J'avais presque oublié qu'« Il » était dans la brasserie, en chair et en os.

— C'était très beau ce que tu répondais à la journaliste.

« Il » fait allusion à une émission confidences. J'ai parlé de moi durant une heure.

— Oui.

Je ne me casse pas la nénette à développer, puisqu'« Il » l'a vue. « Il » sait tout. Je ne peux rien lui apprendre. Ce qu'« Il » ne sait pas, je ne l'ai pas dit aux émissions. Ce qu'« Il » ne sait pas, « Il » ne me le demandera pas. Cet homme est timide.

— Vous avez des amis ?

— Oui, les gens de mon immeuble, mes voisins. Je joue aux boules avec eux. Je n'aime pas beaucoup la pétanque, mais, comme ça, je discute un peu.

— Votre sœur habite près de chez vous ?

— Non, dans la Drôme.

— Ah...

Le copain de Georgette passe en sens inverse sur le boulevard ! Il entre à son tour comme un agent du FBI dans la brasserie des Écoles ! Alors là, c'est pas moi qui délire !

Il est tendu. L'événement est grave et porteur de menaces, il sait lui aussi. Il va s'asseoir à l'opposé de la brasserie. Les copains de mes deux sœurs ne se sont pas vus.

Les copains tiennent la brasserie. Ça ressemble à un traquenard. L'homme blond est cerné. J'entends bientôt l'hélico qui volera au-dessus de nos têtes. Un agent à bord ordonnera avec un mégaphone de sortir les mains en l'air. Pas d'embrouille. Vous bougez une oreille, et l'escadron vous tombe dessus en moins de temps qu'il n'en faut pour le dire... Georgette viendra.

— Je crois que les filles vont venir.

« Il » ne demande pas pourquoi je fais cette réflexion tout à coup.

— J'en serais ravi... Je serais très heureux de faire leur connaissance.

« Il » va faire la connaissance de ses filles...

— Vous faites quoi comme métier ?

— Rien. Je suis retraité.

« Il » est jeune. « Il » est retraité...

— Enfin, je suis en préretraite... Je... J'étais peintre quand j'étais jeune... Comme toi, j'étais un artiste... Et puis... la vie n'a pas voulu que je devienne un artiste.

— Mais, vous, que vouliez-vous ?

Il faut que j'arrête avec mes questions embarrassantes, qui me sortent de la bouche avant que j'aie le temps de les considérer.

— C'est drôle, quand j'étais petite, je dessinais beaucoup.

J'aurais filé une tarte en pleine gueule de l'homme blond, ça ne lui aurait pas fait plus mal.

« Il » ne dit rien. Ce n'est pas drôle.

Cet homme me fend le cœur. Oui, « Il » me rend triste. Quel âge avait-« Il » ? Voilà que je le vois enfin. Vingt ans... sûrement... « Elle » en avait dix-neuf, « Elle » venait de loin... « Elle » s'en est sortie. « Elle » nous en a sorties. Mettons qu'elle a eu plus de force. La plus fragile, la plus vulnérable aura été la plus forte, voilà tout. Ce n'est pas celui qu'on tient pour le mieux armé qui... J'ai eu le sujet au bac de philo... Une mauvaise note. Je devrais repasser l'épreuve. Je ferais mieux. Voilà que je commence à comprendre.

Face à moi, toujours souriant, « Il » me fait l'effet d'un condamné.

Je suis émue par lui. Quand « Il » attrape son verre de citron, je vois qu'« Il » tremble légèrement. Sa barrière n'est pas très solide, je me rends compte. Sait-il jouer au poker ?

J'aperçois Corinne. Oh mon Dieu ! Ma sœur aînée est rouge sang dehors. Ses cheveux, habituellement très ordonnés, volent autour de sa tête. Son regard est fiévreux, ses gestes sont saccadés. On dirait qu'elle a la polio. Ma sœur aînée ne va pas bien du tout.

Dois-je prévenir l'homme blond ?

Corinne pousse la porte vitrée à son tour. Elle ne salue pas son copain. Il est en planque. Elle jette un coup d'œil au copain de Georgette. Elle ne le salue pas. Il est en planque.

Corinne tourne la tête vers notre table. Je lui souris. « Ça va. "Il" est cool », je lui envoie comme indication. J'ai peur qu'elle s'emporte, qu'elle le traite de pagut, qu'elle ait envie de l'estropier ou de lui cracher à la figure. Nous avons décidé en réunion : nous ne venons pas pour un règlement de compte. Nous ne venons pas obtenir de réponses rapides à trop de questions éludées. Nous ne jetterons pas trente-deux ans en pagaille sur une table de café. Nous venons le rencontrer et « c'est tout ». Je tente de lui rappeler avec mon sourire d'hôtesse de l'air. Comment l'apaiser ?

Corinne arrive à la même vitesse que moi. Elle fait tout en accéléré, c'est criant, maintenant que je suis plus calme.

Elle se plante devant l'homme blond. « Il » se met à trembler plus fort.

— C'est qui ?

« Il » ne la reconnaît pas. « Il » ne sait pas laquelle de ses filles se tient devant lui. « Il » me regarde désespéré. « Il » voudrait que je le renseigne. « Il » ne l'a jamais vue. Corinne n'a jamais laissé traîner son visage sur une table de salle d'attente, dans aucun magazine. Elle n'a jamais prêté ses traits à aucun personnage.

— C'est Corinne.

« Il » se lève, gauche. La polio de Corinne s'aggrave. Elle casse presque les pommettes du blond tant elle manque de délicatesse en l'embrassant. Ce geste est étrange... Ces deux bises de salutation violentes... Elle a entretenu une relation différente avec cet homme... Ce geste me donne l'impression de deux êtres qui se retrouvent.

— Je suis l'aînée.

Elle l'informe pourtant de son identité, de sa place au sein de la famille. Elle ne tourne pas la tête vers moi. Dans sa gorge, un moulin à paroles se met en marche :

— Je suis professeur, j'ai trente-six ans, j'ai deux enfants, j'habite Lyon...

Elle le prend pour un chef d'entreprise ou quoi ? Elle lui donne son CV.

— Bonjour ! je lui dis pour qu'elle reprenne un peu d'air entre tous ces mots qui sortent en torrent.

Elle m'éclate de rire au visage. J'ai droit au même châtiment que lui. Elle me cogne violemment les pommettes à mon tour. Je me frotte la joue droite, qui va avoir un bleu, c'est sûr.

Quand Corinne retire son manteau, je vois que ça

va très mal. Corinne, habituellement très soigneuse, transpire comme un joueur de foot. « Il » ne va pas rencontrer miss Pompon, « Il » va rencontrer miss Dégueulasse. « Remets ton manteau », je voudrais lui glisser.

— C'est bien d'être venue...

« Il » ne voit pas que sa fille aînée est dégueulasse.

— Oui. Quand Sibylle m'a prévenue, je me suis dit que j'allais venir.

T'aurais pas pu prendre une douche ? j'ai envie de lui demander.

— C'est bien.

— Vous habitez Lyon ?

— Oui.

— Vous êtes seul ?

— Oui.

— Vous ne vous êtes pas remarié ?

— Non... C'est-à-dire que j'ai eu un échec... après... Je n'avais plus envie de ça...

« Et nous ? Aviez-vous envie de nous voir ? » Je ne pose pas la question, nous ne sommes pas venues pour ça.

— Vous... Vous avez des amis ?

— Oui. Dans mon immeuble... C'est ce que je racontais à Sibylle, je joue à la pétanque...

— Ah... Mais... Vous faites du sport ?

— Oui... de la pêche... Enfin... C'est pas vraiment du sport, mais la pêche, j'aime bien... Sinon, un peu de vélo... Mais pas tellement... Je fais du vélo quand je vais dans la Drôme chez tante Yolande.

— Ah, elle habite la Drôme ?

Ben comment elle connaît tante Yolande ? L'ex-

Oreille en coin aurait-elle oublié un bulletin d'information ?

La discussion se poursuit. Corinne repose les mêmes questions que moi, dans un ordre différent. Nous en posons de nouvelles. Nous ne demandons jamais : « Qu'avez-vous fait, bordel, pendant trente-deux ans ? » Nous ne demandons pas : « Comment vous êtes-vous débrouillé pour traumatiser toute une famille sans jamais vous montrer ? » Nous ne lui apprenons pas que son prénom n'a jamais été prononcé tant il était dangereux. À part votre « échec », vous aviez envie de voir trois petites filles ?

Nous n'avons pas eu le temps de voir arriver la dernière. Georgette salue d'une manière encore différente. Elle lui tend la main.

L'homme a respecté chacun des trois caractères. Je n'ai pas fait de bise, ni tendu la main. Je lui ai hurlé que sa place était la mauvaise, « Il » m'a suivie. Corinne lui a mis deux coups de tête, « Il » a encaissé sans broncher.

Georgette le salue comme elle saluerait un représentant de commerce. « Il » serre sa main. Georgette tire une chaise, à côté de Corinne. Nous sommes placées dans le désordre, toutes les trois face à l'homme blond. « Il » est ébranlé maintenant. « Il » nous balaie du regard plusieurs fois.

Ses mains tremblent plus fort.

Ce que nous voulions éviter se produit malgré nous. Nous ressemblons bel et bien aux trois petits cochons qui regardent le grand méchant loup. Georgette adopte le vouvoiement elle aussi. Elle repose les mêmes questions que Corinne, les mêmes questions que moi. L'homme nous observe.

« Voilà, c'est ça... C'est nous. » Une banderole invisible semble flotter sur nos poitrines. Nous sommes les trois petites. Les trois petites d'Anna.

La discussion se poursuit. Aucune rancœur, d'aucun côté de la table. Nous recommandons un jus de citron. Je reprends un café. Une menthe à l'eau, une fraise à l'eau.

C'est au tour de Georgette de raconter qui elle est.

— Je suis professeur des écoles. Je travaille à Vaux-en-Velin.

— Ouh là... C'est pas dangereux ?

— Non, ça va...

— Je n'ai pas d'enfant.

« Il » ne réagit pas.

Pourquoi n'a-t-« Il » pas sauté de joie quand Corinne lui a annoncé qu'« Il » était grand-père ?

J'écoute. Je les écoute échanger des informations. Je n'abats plus de carte, j'attends le jeu de l'autre.

— Je suis fier, « Il » dit.

« Il » est fier de celle qui « mène la grande vie ».

Cet homme est le contraire de ce que nous redoutions. Cet homme est humble. Terriblement humble. « Il » est fier de celle qu'il suit de loin depuis dix ans.

— Vous allez à Paris de temps en temps ?

— Oui ! J'adore, et vous ?

— J'y suis allé une seule fois, il y a vingt ans, je crois.

— Faut y aller, c'est sublime !

Georgette a la cervelle cuite, je juge au vu de cette réflexion tout à fait inappropriée.

— Sibylle s'exprime remarquablement bien. Je n'ai pas pu acheter tous les magazines. Je n'ai pas pu tout voir.

« Il » s'excuse de n'avoir pas dépensé plus d'argent.

— Ah bon ? Pourquoi ?

C'est sûr, Corinne a perdu sa cervelle, elle aussi. Il change de sujet :

— Eh ben, dites, elle en fait bouger du monde, Sibylle !

« Il » fait le constat, quand nous sommes réunies depuis une demi-heure.

— Sibylle a toujours été la plus frondeuse.

Corinne a une tendresse infinie pour la petite fille que j'ai été.

— Sibylle, c'était notre petit garçon manqué, « Il » lance.

Corinne me regarde, la larme à l'œil. « Tu vois, "Il" se souvient de toi. »

Qu'est-ce qu'« Il » raconte ? Pourquoi « Il » dit ça ? Qu'est-ce qu'« Il » en sait ? C'est marqué dans quel journal ? Non. Ça, ce n'est marqué nulle part. Ça, « Il » ne l'a pas lu. Ça, « Il » le sait. Ça, c'est du vécu pour l'homme blond. « Il » a vécu avec moi jusqu'à ce que j'aie deux ans et un mois, ça vous laisse tout de même le temps de juger une personne ! Le petit garçon manqué. « Il » va bientôt m'appeler sa « numéro deux ».

« Il » ne dit pas de mal des Di Baggio. « Il » connaît tout le monde.

— Comment va Angèle ?

« Il » a connu Angèle.

— Et vous ? Vous avez acheté une maison ?

— J'ai acheté un appartement.

— Alors ça va... Tu n'es pas dans le besoin ?

« Il » est rassuré sur la situation de sa fille aînée.

« Il » tourne la tête vers Georgette.

— Je loue un appartement à la Croix-Rousse.

— Tu t'en sors ?

Le voilà qui s'inquiète pour sa dernière.

— Oui, oui...

— Remarque, fonctionnaire, c'est le mieux. Tu as une... assurance...

— Oui, la sécurité de l'emploi.

— Mais, Sibylle, elle mène la grande vie...

Faut qu'« Il » arrête. Je sens que Corinne pourrait fondre en larmes d'une seconde à l'autre. Cet homme n'a pas d'argent. « Il » ne sait pas qu'« Il » nous confesse ses difficultés financières. Cet homme souffre de solitude, tout chez lui le trahit. Cet homme n'a pas eu de chance, « Il » pue l'inaccomplissement. Cet homme s'est laissé dépasser par la vie, ça saute aux yeux. Cet homme n'était pas taillé pour la route qu'« Il » avait à parcourir. Cet homme est resté sur le bas-côté. Sa posture, son attitude le crient.

« Il » nous apprend en quelques mots qu'« Il » a rencontré sa future femme à l'âge de quinze ans. « Elle » en avait quatorze ; « Il » l'a attendue quatre ans. Ils se sont mariés un an après. Ils ont eu une petite fille qui leur a donné du bonheur. Je les ai vus tous les trois sur des photos. La deuxième a compliqué la situation. Les problèmes d'argent n'ont rien arrangé. Ils ont divorcé lorsqu'elle était enceinte de la dernière.

Pourquoi n'êtes-vous jamais venu ? Voilà que je mène un interrogatoire parallèle.

« Il » est venu. Je réponds à mes questions muettes. Les cartes de l'homme s'abattent sous mon nez l'une après l'autre.

C'est lui, l'homme qui a frappé à notre porte. Le loup qui mangerait la plus faible, c'est lui. Comment sont ses dents ? C'est contre lui qui ne ferait pas peur à une fourmi que « j'ai défendu » toutes ces années. C'est lui que mon parrain a terrorisé pour qu'« Il » ne vienne plus nous tourner autour. Serait-« Il » revenu si personne ne lui avait fait peur ? Étions-nous en danger dans notre petit appartement. A-t-« Il » les oreilles en pointe ? Je regarde l'homme blond. « Il » sourit. « Il » répond aux questions que posent ses filles. La douceur de son regard me trouble.

— Vous n'avez pas eu d'autres enfants ?

C'est au tour de Georgette de s'informer sur d'éventuels frères et sœurs.

— Non.

Après un temps trop long, « Il » regarde les trois filles que nous sommes. Est-ce nos yeux écarquillés qui le font continuer ?

— J'ai eu du mal avec cette séparation. Le divorce... À l'époque... Aujourd'hui, tout le monde divorce... À l'époque, quand on se mariait, on pensait que c'était pour la vie... Non... Ça ne m'a plus intéressé...

Aucune de nous trois ne prend la parole. Cette confidence nous mène sur une pente aventureuse. Après quelques secondes de silence...

— Moi, j'étais... comment dire... J'ai été élevé à la campagne...

J'entends presque Corinne se confirmer qu'« Il » est un « pagut ».

— Je suis arrivé à Lyon à quinze ans... Et... je me suis trouvé un studio... Au-dessus de chez vos grands-parents...

« Il » baisse la tête.

Cela ressemble à une malédiction. Comme s'« Il » nous avouait sa plus grande erreur.

Sa plus grande erreur aura donc été de louer un appartement au-dessus de chez nos grands-parents, où « Il » l'a rencontrée, « Elle », Anna, notre mère.

— C'était pas la même mentalité. Les Italiens, à l'époque... Comment dire...

« Il » marche sur des œufs.

— Ils... vivaient tous en groupe... Moi, d'où je venais... On était... Comment dire... Plus indépendants les uns par rapport aux autres... Non... Ça n'a pas marché...

Je regarde le groupe que nous formons. Que se passerait-il si Anna entrait maintenant ?

Le problème avec cet homme n'est pas la brochette que nous formons, mes sœurs et moi, je me dis d'un coup.

Si Anna entrait maintenant, ce serait le chaos. Un tremblement de terre. Le problème de ce « Il » est

« Elle ». Nous sommes assises face à cet homme, et nous inversons la situation. Nous n'avons pas évoqué notre mère. Lui non plus. « Il » a parlé de papi, de mamie, des frères et sœurs de ma mère, même de mon parrain qu'« Il » redoute encore aujourd'hui. Mais « Elle ». Rien. Pas un mot.

Ce n'est pas pour s'amuser avec nous qu'« Il » frappait à la porte ! Ce n'est pas à cause de mon parrain qu'« Il » n'est plus venu !

Je me lève brusquement, comme si un crabe me pinçait la fesse. Cette dernière carte qui vient de tomber me bouleverse.

— Faut que j'y aille !

— Moi aussi.

— Moi aussi.

« Il » est embêté... Le voilà qui se tord les doigts.

« Ne pourriez-vous pas rester encore ? Un instant ? Pas longtemps. Deux heures, c'est trop court », je l'entends presque nous implorer.

« Il » ne dit rien. Qu'est-ce qui l'aura empêché de formuler cette demande si claire dans son regard perdu tout à coup ?

« Il » n'a pas osé.

L'homme blond de la photo a remis son manteau de cuir. « Il » sentait le froid.

Nous sommes sortis tous les quatre sur le boulevard.

— Donnez-moi de vos nouvelles... Ça me ferait plaisir...

Nous ne disons rien. Nous sommes tous gênés.

— N'attendez pas de nouvelles de ma part. Je ne suis jamais chez moi. Le temps que je trouve la carte, le stylo, le timbre et l'adresse, je suis déjà ailleurs...

J'ai rompu le silence brutalement.

Corinne manque de me frapper tant elle trouve ma réponse odieuse.

— Moi, je vous écrirais bien, mais seulement... mais seulement... Seulement, je n'ai pas votre adresse.

« Il » me regarde immédiatement quand cette information est lâchée.

Je suis la mieux barricadée. Je suis la plus résistante, quoi qu'on en dise. J'ai émis l'hypothèse que, peut-être, je n'écrirai jamais ni ne reviendrai. Voulais-je bien recevoir son courrier ?

— Je vais être en retard si on ne se dépêche pas.

Je presse mes deux sœurs. La situation est difficile, délicate.

Ne nous enfonçons pas, c'est assez triste comme ça !

J'ai envie de hurler maintenant.

« Il » a compris. Je lui demande de s'en aller. « Il » nous regarde toutes les trois une fois encore. Cet homme est en train de nous prendre en photo avec ses yeux. « Il » enregistre nos visages. Pourquoi ne part-il pas ? Nom de...

— Donnez-moi des nouvelles de temps en temps... « Il » dit encore, alors qu'« Il » commence à s'éloigner.

Mes deux sœurs ne savent plus dans quel sens marcher.

Alors que l'homme blond se retourne, je fais signe

à mes sœurs de me suivre. Elles ne bronchent pas. Elles restent à mes côtés.

Nous faisons semblant de partir. Nous nous arrêtons pour voir disparaître l'homme blond dans la bouche du métro.

N'importe quoi ! J'ai répondu n'importe quoi à toutes les questions au téléphone ! Cette journaliste a fait un entretien avec une débile mentale. Je n'ai rien compris à ce qu'elle demandait. J'ai éclaté de rire quand la réceptionniste m'a prévenue que j'allumais ma cigarette à l'envers. J'avais envie que ça finisse. Je fixais ma valise. Je me suis rongé les ongles. La main droite y est passée. J'ai répondu à côté de la plaque. Je voulais rentrer chez moi. Loin. Chez moi, c'est à cinq cents kilomètres. Je dois prendre le TGV. Mon rempart de sécurité. Je suis une personne neuve lorsque je foule le bitume parisien. Mon train part à 20 heures.

— Appelle maman, m'a dit Georgette.

Je compose le numéro de maman.

— C'est Sibylle.

— Oui ?

— Je pars tout à l'heure... Si tu veux, on peut boire un café à la sortie de ton bureau.

— Oui.

— Tu finis à quelle heure ?

— 17 h 30.

— OK, je viens te chercher.

Il n'y a pas eu d'esclandre. Pas d'effusion. « Le plus dur est fait. » L'homme blond a repris le métro. « Il » est retourné chez lui. On ne sait pas où. « Il » a à peine eu le temps de disparaître ; Corinne, Georgette et moi nous sommes ruées de nouveau dans la brasserie des Écoles. Nos quatre chaises étaient vides. Personne n'avait pris nos places. Le verre de citronnade est resté sur la table, comme un témoin.

Corinne pleurait en continu.

— C'est triste, elle répétait inlassablement.

Je marche en direction du bureau de maman. J'ai un nouveau doute. Est-ce que je fais bien d'aller la voir pour lui raconter ça ? J'ai l'horrible sentiment de m'être fait battre. En perdant ma partie, vais-je faire perdre la sienne à ma mère ? Avons-nous joué en équipe ?

— Alors, vous êtes contentes ?

Un des deux gardes du corps ne savait pas que, quand ma grande sœur pleure, c'est qu'elle est moyennement contente. Quand elle dit : « C'est triste », c'est qu'elle n'a pas envie de danser la Bigoudène.

— « Il » a l'air plutôt sympa, il continuait.

Il tentait de remettre de la couleur sur nos visages pâles.

Corinne m'en voulait terriblement. J'avais refusé à cet homme de lui écrire. J'avais refusé de permettre à cet homme de s'installer dans notre vie. « Il » attendait de nous sa résurrection.

— « Il » a l'air gentil, non ?

Le deuxième garde du corps était moins sûr de la réussite de notre entrevue.

— « Il » voulait qu'on lui donne de nos nouvelles de temps en temps. Vous savez ce que lui a répondu Sibylle ? « Ne comptez pas sur moi, je ne le ferai jamais ! »

Les deux garçons étaient estomaqués. « Mais pourquoi diable lui as-tu répondu ça ? » j'entendais presque sortir de leur bouche ouverte.

— J'ai répondu ça parce que je le sentais.

Ma réponse était complètement conne, comme la situation.

Je n'avais pas le cœur à leur apprendre le poker.

Je voulais me débarrasser du problème que j'avais alourdi. J'aurais dû en rester à la photo. Je la tirais de ma poche de temps en temps. Je la rangeais, elle ne bougeait pas. Elle portait ce que je lui collais sur la figure. Ça m'allait... « Il » était plus compliqué à gérer.

— Tu n'as qu'à le revoir, toi...

J'étais prête à refiler le paquet. Prenez « Il », je garde la photo.

Impossible. Si l'une d'entre nous refusait cet homme, les deux autres la suivraient.

— Vas-y avec tes enfants qu'il n'a pas demandé de rencontrer !

J'ai ri. Je ne sais pas pourquoi, mais j'ai ri.

— Salut pépé, on va aux manèges ? Ha, ha, ha !

Ma sœur aînée était anéantie par mes sarcasmes.

Je piétinais les fleurs bleues qui auraient poussé volontiers dans la brasserie.

— On ne peut pas tendre la main ?

La cervelle de ma sœur aînée partait en fumée à son tour.

— Oui, je peux lui tendre une main à quatre doigts ! Nous sommes liées comme les quatre doigts de la main ! Ha, ha, ha !

— Tu sais, c'est mieux de pardonner.

Elle ambitionnait de se faire canoniser, ma parole ! Pardonner quoi ? Pardonner à qui ? Qui avait aimé qui ? Qui aimait qui ? Qui fallait-il aimer maintenant ?

Avec qui voulait-« Il » faire la paix ? Avec nous ?

Avait-« Il » envie d'aller gaver des pigeons dans les parcs publics avec des mioches ? Avait-« Il » une subite envie de bouffer les gâteaux au yaourt que nous lui préparerions un dimanche après-midi ? Est-ce que ça le ferait marrer, d'attendre sur le côté pendant que les mômes tournent en rond sur le manège ? « Il » serait sûrement heureux, après une vie solitaire, de trimballer des gamins en pleurs, frustrés de n'avoir pas réussi à choper la queue du Mickey !

Toutes ces choses qui font la vie lui sont étrangères. Cet homme n'est pas en vie. « Il » est un survivant.

Ce qu'« Il » voulait derrière cette porte qu'« Il » a failli bousiller cinquante fois m'apparaissait très clair soudain.

« Il » n'a pas parlé de maman. « Il » n'a pas pu. Même pas l'évoquer.

Ça lui aurait arraché le gosier !

Chaque seconde, j'ai craint qu'« Il » ne déverse sa haine. « Il » est incapable de prononcer son prénom ! « Il » préfère nier son existence. « Il » s'empêche de penser à elle trente-deux ans plus tard.

« Il » a préféré nier notre existence pour nier celle de notre mère.

— Toute cette violence, c'est une histoire d'amour ! je me suis écriée dans la brasserie des Écoles !

Je venais de comprendre que, cette tristesse, c'était de l'amour !

Ils ont joué au poker menteur ! Nos parents étaient amoureux ! On n'y a jamais pensé, à celle-là ! Nous avons tout imaginé, mais ça, non !

Je riais comme une folle.

— Tes antennes ont tout capté, mais il y a eu de la friture sur cette information !

Je me suis moquée de l'ex-Oreille en coin.

— Quand tu nous as fait les informations, t'as vu le cyclone, mais tu n'as pas vu son œil ! Ha, ha, ha !

C'était hilarant d'être si aveugle.

Mes deux sœurs m'ont regardée comme si j'étais une délinquante.

— Ça t'arrange de penser ça. Ce n'est plus ton problème si c'est celui de maman.

Corinne refusait de voir la vérité en face.

Exactement. Ce n'est plus mon problème. Je pensais que ça l'était. Ça ne l'est pas. C'est comme

ça. Cet homme ne s'est pas battu pour nous. « Il »
s'est battu pour elle. D'ailleurs, quand Pierre a débar-
qué, « Il » n'a plus jamais frappé à la porte.

— Ahhhhh ! Quelles petites prétentieuses... Quelles
idiotes... nous nous sommes prises pour l'œil du
cyclone !

Ma sœur aînée a failli me casser la figure.

— Cet homme est venu frapper à la porte parce
que, derrière, se trouvait la femme de sa vie.

Cet homme était amoureux d'elle. « Il » l'est encore.

Une tragédie dont nous ne sommes pas les actrices
principales. Une tragédie pour lui. Une tragédie pour
nous. Et elle qui ne l'aimait plus.

— Ils ont joué au poker menteur sans en connaître
les règles !

Je venais d'assimiler les cours de Stéphane.

— Tu deviens folle ?

Corinne était bouleversée de voir dans quel état je
me mettais.

Ça paraissait si bête. Si simple. Si banal ! Notre
vie bousculée à cause d'une histoire d'amour qui avait
mal fini.

Pas de méchant loup. Pas d'ennemi public numéro
un. Ce n'était pas la peine d'en faire une montagne.

— « Il » s'est fait larguer, c'est tout !

Corinne s'est levée. Nous sommes devenues trop
grandes pour qu'elle me traite de débile.

— Faut que je rentre.

Son copain s'est levé à son tour. Ils sont partis.

J'ai regardé Georgette. Son corps semblait vissé à

cette chaise de la brasserie des Écoles. Elle n'avait pas envie de rire.

— J'ai fait une connerie, n'est-ce pas ?

Georgette n'a pas osé m'accuser plus.

— Tu vas être en retard, elle m'a dit.

Oui, il fallait que je m'en aille.

— Ah, tiens, j'ai acheté des ronds de serviette avant de venir. Douze pour toi, douze pour moi, je te les offre. Ils sont plaqués argent. Tu peux les faire graver.

— C'est lourd ! À quoi ça va me servir ? Je n'ai pas de serviette.

— J'en ai acheté douze pour toi, douze pour moi.

Je ne voulais pas repartir avec mes enclumes.

— Il faut que tu appelles maman maintenant.

Oui, maintenant que j'étais allée trop loin, il fallait que j'appelle maman.

Je suis arrivée en avance au pied de l'immeuble. La voix de maman était sèche au téléphone. J'ai « remué le couteau dans la plaie ». Je regardais les passants.

Qui ratait qui en ce moment ? Qui aimait qui et n'était pas aimé en retour ? Qui devenait fou de n'être plus aimé ? Qui avait une barrière tellement solide qu'on ne pouvait plus l'atteindre ?

La voilà. Maman est sortie plus tôt du bureau. Quand elle passe le porche de l'immeuble, je vois ses traits tirés. Maman siffle. Elle n'est pas contente. Elle siffle en marchant vers moi.

— Il y a un petit café, là...

Elle m'entraîne dans ce tout petit café sombre. La discussion s'engage mal.

— Alors ? elle me demande à peine assise, le regard noir.

— Alors rien... « Il » est plutôt...

Ma mère est près de m'en foutre une au moindre dérapage.

— ... « Il » est assez... fade. Plutôt nul.

Je ne sais pas si je joue la bonne carte.

Je balafre l'image de cet homme que j'ai vu.

— « Il » est chiant comme la pluie. Je ne lui ressemble pas tant que ça.

Ma mère recommence à sourire.

— Et tes sœurs ?

— Elles pensent comme moi. On a discuté de la pluie et du beau temps. Quand on a fini de parler des nuages et du vent, on s'est séparés. « Il » nous a demandé de lui écrire...

— « Il » est gonflé !

Ma mère ne se rend pas compte qu'elle lâche ses cartes les unes après les autres.

— Nous avons refusé.

— « Il » a posé des questions ?

— Oui, sur papi, mamie, Angèle...

— Vous lui avez dit que je vivais avec quelqu'un ?

— Oui.

Je sais jouer au poker menteur.

— Quelle tête « Il » a fait ?

— « Il » était content.

— Tu parles qu'« Il » devait être content. Quand je me suis séparée de Pierre, « Il » a refait surface. Je ne vous en ai pas parlé pour ne pas vous perturber. Mais, aujourd'hui...

— Oui, aujourd'hui...

Je hausse les épaules d'un air dégagé.

— Tu sais, j'ai mis longtemps à l'oublier. Mais, aujourd'hui...

Ma mère répond malgré elle à toutes les questions que je ne lui pose pas.

— Oui, aujourd'hui...

Ma mère abat ses cartes d'un coup :

— Et lui ? « Il » a... refait sa vie ?

Elle n'ose pas demander s'« Il » vit avec une autre femme. Le jeu de ma mère s'envole.

Retire ! Retire cette question ! Jusque-là, je pouvais admettre ! Jusque-là, je pouvais comprendre !

— « Il » est avec quelqu'un ?

Elle pose la question différemment.

— Ben, sûrement ! On ne lui a pas demandé, mais, après trente-deux ans, s'« Il » est seul, c'est qu'« Il » a un problème !

Maman rit.

— Vous avez parlé de quoi d'autre ?

— On a perdu notre temps. Je suis arrivée en retard à mon rendez-vous, à part ça...

Ma mère est presque contente. Je la rassure. Elle a eu raison. La décision qu'elle a prise il y a trente-deux ans était la bonne.

— Tu l'as trouvé comment ? Physiquement.

— Banal...

— On m'a dit qu'« Il » était devenu très gros. Que son visage était tout rouge.

— Ah... Oui, maintenant que tu me le dis.

Je mens. Je mens. Je mens.

Si ma mère voyait cet homme, elle le trouverait beau, c'est sûr.

— « Il » était beau quand « Il » était jeune.

— Ah bon ? J'espère qu'« Il » a gardé une photo en souvenir !

Maman pouffe de rire.

— Non, « Il » n'est pas beau. « Il » n'est pas beau du tout ! Une tête de balai de chiottes !

Maman rit à gorge déployée.

— J'ai bien fait de le quitter, alors ?

Elle a gardé un doute.

Au secours ! J'étouffe ! C'est une tragédie pour lui, une tragédie pour nous, une tragédie pour elle ! Retire aussi cette question ! Je ne l'ai pas entendue ! Retire-la, je t'en supplie ! Je vais pleurer, je sens. Je ne suis pas sûre que je vais résister longtemps !

— Oh là oui ! Que tu as bien fait. Je ne le connais pas, mais ce que j'en ai vu fait moins envie qu'un coup de fusil !

Ma mère éclate de rire plus fortement.

— Tu es allée au bout de ton idée.

Ma mère veut que tout soit normal.

— Ah ben ça oui alors ! Je suis allée au bout, je l'ai même dépassée ! Tu sais, parfois, je suis conne, mais là, franchement, j'ai trouvé plus fort que moi !

Ma mère est au spectacle. Elle rit comme devant un one man show.

Je suis en face d'elle, je cherche encore à dire. Je dis des énormités, trop grosses pour être sincères. Elle préfère ça. J'en rajoute. J'ai peur du silence. J'ai peur qu'elle me pose une nouvelle question que je ne veux pas entendre. Une question à laquelle je finirais par répondre la vérité. Je joue. J'en fais des tonnes pour ne pas éveiller ses soupçons. Je vois l'œil du cyclone. Du gâchis.

J'allume une cigarette.

— T'en veux une ?

Ma mère l'accepte. Nous sommes proches l'une de l'autre. Plus que jamais, je la divertis. Je la rassure. Elle est contente.

— J'ai eu un peu peur quand même, elle me confie en recrachant la fumée.

— Oh ben, t'as eu peur pour rien ! Je suis sûre que, même sur une île déserte, tu préférerais discuter avec un arbre !

— Ha, ha, ha !

Ma mère a quinze ans tout à coup.

Je ris avec elle. J'ai le cœur serré. Je regarde ce visage que je connais depuis tant d'années. Ce visage que j'ai vu changer au fil du temps et des événements. Ma mère a eu quinze ans. Ma mère a rêvé. Je vois ses yeux illuminés de bonheur. Ma mère qui faisait des steaks à la moutarde était une jeune femme. Elle était amoureuse de celui qu'on ne nommait pas. « Elle » a mal joué la partie. « Il » a mal joué la partie. Personne n'a voulu abattre ses cartes.

— Non, tu ne t'es pas trompée. Alors là, pas du tout !

Ma mère a mangé son pain noir, son pain gris, son pain de toutes les couleurs. Elle a droit à du pain blanc. Je la proclame vainqueur.

Ma mère lève le bras.

— Monsieur, s'il vous plaît ? Une menthe à l'eau !
Tu veux quelque chose ?

Toute matière qui passerait dans ma gorge pourrait
la faire s'ouvrir. Mieux vaut la tenir verrouillée.

— Non merci.

Maman sirote sa menthe à l'eau. Le soleil semble
être entré dans ce petit café que j'ai trouvé sordide en
arrivant. Maman est radieuse. Un sourire ineffaçable
tient sur ses lèvres. Elle me regarde l'œil brillant.

Elle n'a pas prononcé son prénom.

— Tes sœurs ne t'ont rien dit ?

Oh mon Dieu... non... Elle a eu mes sœurs au
téléphone ? Elle sait que je mens comme un arracheur
de dents ?

— Non ?

Je tremble.

Le sourire de maman s'élargit.

— Elles ne t'ont pas parlé de cet été ? Jacques
m'a fait une surprise ! Il y a quand même du bon dans
ma vie ! La roue tourne enfin !

— Oui ?

Ma mère avait finalement un atout : Jacques.

— Le jour où ta sœur m'a annoncé la nouvelle...
Votre rendez-vous... J'ai passé une journée atroce, je
ne te le cache pas aujourd'hui.

— Non, aujourd'hui...

— Eh bien, il faut croire qu'il y a des jours à
marquer d'une pierre blanche. Je suis rentrée complètement démoralisée, et là, Jacques m'a annoncé
qu'il avait réservé sur la Côte ! Il a pensé à vous, il
y a cinq chambres ! On s'est dit que ce serait bien,
toute la famille réunie.

— Oui, toute la famille.

— C'est vrai, il manque toujours quelqu'un. En s'y prenant à l'avance, il s'est dit qu'on avait peut-être une chance de vous avoir tous.

— Oui.

— Prends ton agenda, note-le tout de suite. Tu es toujours occupée.

— Oui, c'est vrai. Je le note tout de suite.

Maman a vérifié que j'écrivais bien ce rendez-vous à la bonne page. À la bonne date.

— Il a loué au Cap-d'Agde.

Maman rit encore. Je ris aussi.

— Oh là là ! Je vais rater mon train, maman !

— Oui ! File ! File !

Maman et moi nous séparons dans la bonne humeur.

— Tu reviens bientôt ?

— Je ne sais pas... J'ai pas mal de boulot...

— En tout cas, tu verras, Jacques adore les enfants !

— J'en suis sûre. Allez, je file ! Bise à Jacques !

Maman riait.

« Aujourd'hui », maman voulait que je la voie rire. Je n'ai pas vu qu'elle donnait le change.

Maman n'avait pas envie de rire. Je me suis retournée discrètement : ma mère a tiré un mouchoir de sa manche. J'ai voulu revenir sur mes pas. J'ai continué tout droit vers la gare.

Le contrôleur du TGV a hésité à me demander mon billet. Je n'ai pas pris ma place réservée. Je suis restée assise sur le strapontin en face de la porte des toilettes. On aurait dit un poireau flétri. La tête basse, les bras ballants, je me suis affaissée au fil des kilomètres. J'ai jeté mes larmes. Ça allait directement sur les rails. Quelque chose me quittait. Ça passait mal. Je me suis battue. Ne pouvais-je pas me battre encore ? Une fois ? Contre qui ? Pourquoi ?

— Cette histoire ne te concerne pas, m'a dit Laurence au téléphone.

Elle avait raison.

Ce qui ne m'appartenait pas s'arrachait pourtant de moi. Je le rendais à qui de droit.

Antoine et Anna se sont tant aimés. Comment avaient-ils pu vivre ça ?

C'était l'histoire de « Il » et « Elle ».

J'ai enclenché le dictaphone. Rien. Les bruits de la brasserie, de la vie, couvraient la voix de « Il ».

Je rentrais chez moi.

Sylvie Testud
dans Le Livre de Poche

Le ciel t'aidera   n° 30751

« "T'as peur, t'as peur de tout, sauf du ridicule", m'a dit
mon copain qui est d'une mauvaise foi sidérante ! "Il n'y
a aucun danger dans cette maison, à part toi !" il a rajouté.
[...] Si le courage peut se mesurer à la peur à surmonter,
alors je me proclame la fille la plus courageuse du monde.
Je ne suis quand même pas la seule fille qui balise à l'idée
de dormir seule ? Je ne suis pas la seule fille à dire que se
garer dans un parking non surveillé, la nuit, ça fout les
jetons ? C'est pas moi qui invente les cambriolages ? Les
dingues qui vous guettent au coin de la rue ? Les monstres
pervers pires que des loups ? »

                                                            S. T.

Il n'y a pas beaucoup d'étoiles ce soir   n° 30264

Énervée. Affamée. Exténuée. Terrorisée. En retard. Frigo-
rifiée. Les journées, pour Sylvie Testud, sont une succes-
sion de moments intenses. Elle nous emmène à une
interview au Plaza, sur un tournage en japonais, acheter
du plâtre au BHV, faire l'amour devant vingt personnes
pendant huit heures, essayer des robes chez Chanel pour
les Césars, tout en refusant d'embrasser un serpent ou de
sauter par la fenêtre... Le quotidien d'une actrice, en
somme. Sauf que Sylvie Testud fait montre d'un regard
ultra lucide. Comment entre-t-on dans un rôle ? Comment

apprend-on à l'aimer, comment le quitte-t-on, comment dire non, comment dire oui ? Où est la limite entre la vie qu'on vit et la vie qu'on joue ? Et si notre existence était un interminable casting ? Décalée, d'une voix qui ne ressemble à aucune autre, drôle et sans concession, Sylvie Testud éteint les feux trompeurs de la rampe, et l'on découvre qu'*il n'y a pas beaucoup d'étoiles ce soir*.

Composition réalisée par PCA

Achevé d'imprimer en mars 2008 par
MAURY Imprimeur
45330 Malesherbes
Dépôt légal 1re publication : avril 2008
Librairie Générale Française – 31, rue de Fleurus – 75278 Paris Cedex 06

31/2152/2